법보다 주먹! 5

사략함대 장편소설

초판 1쇄 찍은 날 § 2016년 5월 4일
초판 1쇄 펴낸 날 § 2016년 5월 13일

지은이 § 사략함대
펴낸이 § 서경석

편집책임 § 이재림

펴낸곳 § 도서출판 청어람
등록번호 § 제387-1999-000006호
등록일자 § 1999. 5. 31
어람번호 § 제1-2422호

주소 § 경기도 부천시 원미구 부일로 483번길 40 서경B/D 3F (우) 14640
전화 § 032-656-4452 팩스 § 032-656-4453
http://www.chungeoram.com
E-mail § chungeorambook@daum.net

ISBN 979-11-04-90792-0 04810
ISBN 979-11-04-90634-3 (세트)

사략함대 장편소설

FUSION FANTASTIC STORY

5

검보다 주먹!

도서출판 청어람

법보다
주먹!

목차

제1장
전과 확대

전광석화와 같은 우 실장의 검거 작전은 3시간 만에 종결됐고, 이제부터는 증거 확보를 위한 수사가 시작되었다.

1차적으로 청부 폭력에 대한 증거는 청부를 받은 이창명으로부터 입증이 가능했다. 그리고 나머지 여죄는 찾으면 된다.

그래서 빨리 움직여야 한다. 하지만 지원을 받은 경찰기동중대는 모두 철수했고, 이제는 검찰청과 관할 경찰서 강력반 형사들이 전부다.

"여깁니다."

이런 것을 두고 전과 확대라고 할 것이다. 이곳은 이창명의 진술서에 기록된 화상 채팅 사이트 사무실로, 보통 중국에 이런 사무실이 많다.

사실 처음의 화상 채팅은 말 그대로 화상 채팅이었다. 하지만 어느 순간 머리 좋은 범죄자들이 개입했고, 그것이 음란 화상 채팅으로 변했다.

일명 몸캠이라고 한다. 여자의 몸을 보여주고 30초당 600원을 받는 음란 사이트이고, 놀랍게도 이런 곳의 매출은 엄청나다.

"준비 됐습니까?"

"예."

사실 우리는 한 블록 정도 떨어져 있는 곳에 차를 세웠다. 여기서 마지막 현장 작전 회의를 하는 것이다.

"분명 망을 보는 놈들이 있을 겁니다."

"예, 그럴 겁니다."

"이번 추가 작전에서 중요한 것은 대포 통장 확보와 하드디스크 확보입니다."

회귀하기 전 저질렀던 범죄가 검사가 된 후 이렇게 도움이 될지는 나도 몰랐다. 어떻게 범죄가 이루어지는지 정확하게, 아니, 어떤 것이 핵심 증거가 되는 것도 알고 있다.

그리고 나도 불법 화상 채팅 사이트를 운영한 적이 있고, 그 불법적인 사이트 개설로 체포된 적도 있다. 체포된 후 6개월 정도 교도소에서 썩었고, 나는 출소하자마자 해외로 진출했다.

서버와 사무실을 중국으로 옮기고 한글 타자가 가능한 조선족을 적극 고용했다. 조선족 여자들은 음란 화상 채팅이 중국이 아닌 한국에서 보이기 때문에 수치심 따위는 없었다. 그리고 여자들의 수급도 원활했다.

그리고 마지막으로 불법적인 일이지만 이 역시 사업이라면 사업이기에 선투자금과 옷을 벗는 여자들의 임금이 저렴했다.

그리고 능력제로 이루어지다 보니 내가 투자해야 할 돈이 적었다.

'내가 나쁜 짓을 다시 한다면 절대 안 잡힐 텐데. 쩝!'

이제는 왜 잡혔는지 정확하게 아니까 절대 잡히지 않을 것이다.

사실 그때도 바지사장을 전면에 세웠다면 교도소까지는 가지 않아도 되었을 것이다. 그런데 신기한 것은 전과가 5범이나 되는데 보호감호 조치를 받지 않았다는 것이다.

그리고 형량도 무척이나 낮았고, 지금 생각해 보면 그게 왜 그랬는지 의문이다.

"예, 알겠습니다."

"다치는 사람은 배신자입니다."

"예, 검사님!"

"마 수사관은 어디에 있습니까?"

"박기춘과 연루되어 있어서 제가 제외했습니다."

최고선임 수사관인 오 수사관이 내게 말했다.

"…예."

어쩔 수 없는 노릇이다. 어떻게 되었든 정보를 빼돌려서 조폭들에게 제공한 것은 사실이니까.

"집에 가 있으라고 했습니다. 그래도 내일……."

마저 하지 못한 말은 딸내미가 백일이라는 말일 것이다.

"…내일 점심 약속 다 비워두십시오."

"예?"

"명령입니다."

"예."

이 순간 마 수사관에 대해 어떻게 풀어야 할지 걱정이 들었다.

＊　　　　＊　　　　＊

최문탁의 마산 사무실.

"큰일이 난 것 같습니다!"

최문탁의 후배인 상두가 노크도 없이 헐레벌떡 사무실로 뛰어들었다.

"덩치에 안 맞게 웬 호들갑이야?"

"싹 털리고 있습니다! 서울에선 지금 난리가 났습니다!"

최문탁의 후배인 상두의 말에 최문탁이 피식 웃었다.

마치 그럴 줄 알았다는 표정이다.

"역시 뭐든 풀 배팅이군."

"예?"

"새롭게 시작을 하려면 그전에 놀던 판은 다 엎어야지."

"형, 형님!"

"이제는 조폭도 변해야 해."

"하지만 그래도 식구들이 꽤 많이 엮여 들어갈 것 같습니다."

"피라미들은 좀 쉬다가 나오면 되지."

문제는 우 실장이다.

칠승파에서 중요 계파는 총 3개인데, 그중 가장 큰 세력을 가진 계파가 우 실장의 계파였다. 그다음이 최문탁의 계파이고, 마지막 계파는 인천을 근거로 하면서 주로 가평에서 활동하는 박 사장이라는 자다. 그리고 그 박 사장이라는 존재는 자신의 신분을 철저하게 숨기고 있었다.

"하여튼 우 실장을 쳐내는 일은 성공한 것 같군."

"회장님께서……."

"노하시겠지."

따르릉~ 따르릉~

그때 전화기의 벨이 울렸다.

"회장님이시군."

딸칵!

"예, 회장님!"

―최문탁!

칠승파 회장의 목소리가 차가웠다.

윤칠승.

부산을 근거로 하는 조폭으로 부산에서 최고로 큰 조직의 수장이다. 그러다가 서울로 세력을 넓히고 대한민국 4대 조직 중 하나인 칠승파를 만들어냈다. 그리고 대한민국 4대 조직 중 유일하게 전라도 출신이 아닌 경상도 출신의 조직 보스이기도 했다.

"예, 회장님!"

―니가?

단도직입적으로 묻는 윤칠승의 말에 최문탁의 눈동자가 떨렸다. 이 순간 조직의 보스는 괜히 조직의 보스가 아니라는 것을 알게 됐다.

'솔직해야 해.'

지금 이 순간 정확한 판단이 중요했다. 실수라도 한다면 역풍

을 맞을 수도 있고, 바로 청소부라고 불리는 조직 내 제거조가
마산으로 향할 수도 있었다.

―나냐고 물었다.

"예, 회장님. 접니다."

―아무리 계파가 있다고 해도 식구의 등에 비수를 박았나?

"회장님!"

―3분 준다.

최문탁에게는 3분 안에 자신을 설득하지 못하면 그냥 두지 않
겠다는 의미처럼 들렸다.

"…조직도 변해야 합니다. 그리고 그 변화에 걸림돌은 우 실장
입니다. 불법 성매매 알선, 마약 거래, 불법 도박 하우스 개장, 음
란 사이트 개설까지. 그리고……."

―그리고 뭐?

여전히 윤칠승의 목소리는 차갑게 느껴졌다.

"아동 성매매와 성매매 동영상 제작까지 검찰이 안다면 그냥
둘 일이 아닙니다."

―알았으니 그냥 두지 않겠네.

"제가 처리하겠습니다. 검찰 수뇌부도 심각할 정도로 일이 커
지는 것은 원하지 않을 겁니다."

―와 그랬노?

"말씀드렸습니다. 조폭도 변해야 한다고. 저희도 마피아나 야
쿠자처럼 합법적인 부분으로 사업을 확장해야 합니다. 그래야
나중에 아가씨에게……."

―그 입은 닥치라.

"죄송합니다."

―와서 니가 다 수습해라.

"예, 회장님!"

―그리고 내가 우 실장을 버려야 한다는 기제?

"예, 회장님!"

―니는 뱀이다. 언젠가는 나를 물 뱀.

"강건(剛堅)하시지 않습니까?"

아니라고 말해도 믿을 것 같지 않았다

―고얀 놈! 끊어라.

"예, 회장님!"

최문탁은 조심히 전화를 끊었다.

옆에서 최문탁의 말만 듣고 있던 상두는 자신의 일도 아닌데 식은땀까지 흘리고 있었다.

"혀, 형님!"

"짐 싸라! 서울로 간다."

"휴 우 우 우……."

상두가 길게 안도의 한숨을 내쉬었다.

"상두야!"

"예, 형님!"

"담배 하나만 다오."

담배를 끊은 최문탁이 담배를 달라는 것.

그만큼 최문탁 역시 긴장했다는 증거이다.

"예, 형님!"

"이제 새로운 판을 짜보자."

"예."

*   *   *

검거팀은 현장 작전회의를 끝내고 바로 차를 몰아 화상 채팅 사이트 사무실을 급습했다. 이 근처 옥상이나 골목길 모퉁이에서 망을 보는 놈들이 있을 것이다. 그러니 신속하게 움직여야 했다.

그리고 다른 팀들은 불법 도박 하우스를 급습하기 위해 떠났다.

'동시다발적으로 이뤄져야지.'

그래야 제대로 전과 확대가 될 것이다.

끼이이익!

급브레이크를 밟은 차가 서자마자 수사관과 형사들이 뛰어내려 미리 준비한 절단기로 굳게 닫혀 있는 입구의 자물쇠를 끊었다.

"바로 시작입니다."

"예, 검사님!"

다다닥!

문이 열리자마자 우리는 상가 안으로 뛰었다.

이 상가 안 전체가 화상 채팅 사무실이라는 것이 놀랍기만 했다. 물론 이창명도 들은 이야기라고 했다. 그래서 이곳에 대한 압수수색 영장은 없다.

하지만 못 먹어도 고다.

오늘을 넘기면 조폭들은 모든 범죄를 은폐할 것이다.

반대편 옥상.

"으으으! 시원하다."

박동철은 운이 좋은 모양이다. 불법 화상 채팅 사이트를 지키기 위해 반대편 옥상에서 망을 보고 있던 양아치가 소변이 마려워 잠깐 자리를 이탈했을 때 급습했으니 말이다. 그리고 여유롭게 양아치는 담배에 불을 붙이고 천천히 자신의 근무지(?)를 향해 걸었다.

끼이이익!

그때 요란한 급브레이크를 잡는 소리가 들렸고, 양아치는 화들짝 놀라 뛰었다. 하지만 이미 박동철을 비롯한 경찰은 묵직한 자물쇠를 끊고 상가 안으로 진입한 후였다.

"좆, 좆 됐다."

순간 겁이 덜컥 나는 양아치는 바로 무전을 날리는 것도 잊고 뒷걸음질을 쳤다. 만약 지금이라도 무전을 날렸다면 최소한의 증거는 제거되었을 것이다.

"씨, 씨발! 나도 몰라."

그렇게 양아치는 도망쳤다.

*　　　　*　　　　*

불법 화상 채팅 사이트 관리사무실.

깡치가 희희낙락한 표정으로 불법 화상 채팅 사이트 관리자 화면을 모니터로 보며 흐뭇한 미소를 지었다.

"오늘 매출은 얼마야?"

"5,000만 원 이상 되는 것 같습니다."

"정말 대한민국 국민은 변태민국이라니까. 이 새벽에 이렇게 많은 개새끼들이 휴지를 낭비하네. 킥킥킥!"

우 실장 대신에 교도소에 들어간 깡치였다. 그래서 보상 차원에서 우 실장의 핵심 사업 중 하나인 불법 화상 채팅 사이트의 관리를 맡았다.

물론 관리자는 따로 있지만 이곳에서 버는 돈의 일부를 가지고 사이트를 관리하는 관리자를 관리하는 것이 깡치의 임무라면 임무였다.

"좋아, 아주 좋아."

"그렇습니다."

"그런데 오늘 수출용 동영상 찍는 날 아닌가?"

이런 곳에서 생활하다 보니 점점 더 변태가 되는 깡치였다.

"예, 오늘입니다. 일본 쪽 애들이 오늘 오기로 했습니다."

"아주 오까네 제대로 들어오는군."

"그런데 배우들이 너무 어린 것 같습니다."

"그래서?"

희희낙락하던 표정의 깡치가 관리자를 노려봤다.

"그, 그게……."

"그게 니 딸이야?"

"죄송합니다."

"어디서 찍어?"

"12번 방에서 찍습니다."

"후후후! 구경이라도 가야겠다. 그건 그렇고, 다 좋은데 왜 남자 배우를 쪽발이로 하는지 몰라."

"그게 커서 그런 것 아닙니까?"

"쪽발이보다야 우리 것이 더 크잖아."

정확하게 말하면 성인 배우를 구하는 일이 쉽지 않았다.

"그런데 이번에는 애들 어디에서 데리고 왔어?"

"서울역 개미굴입니다."

"버려지는 애들이 너무 많다니까. 하여튼 보안 철저하게 해야 하는 거 알지?"

"예, 실장님!"

깡치도 여기서는 실장 소리를 들었다.

"나, 좋은 공기 마신 지 얼마 안 됐다."

"알고 있습니다."

다다닥! 다닥!

"형님!"

그때 깡치의 부하 하나가 급하게 사무실로 뛰어 들어왔다.

"왜?"

"짭샙니다!"

퍽!

"으악!"

깡치의 부하가 경찰들을 짭새라고 외칠 때 뒤에 있던 박동철이 권총을 거꾸로 잡고 손도끼처럼 깡치 부하의 뒤통수를 찍었다.

"짭새? 지랄을 해라! 검찰이고, 짭새가 아니라 민중의 지팡이 대한민국 경찰이다. 모두 꼼짝 마!"

그 순간 깡치의 표정이 굳었다.

"씨, 씨발………."

마치 깡치는 출소한 지 얼마 안 됐는데 다시 들어가야 한다는 생각에 표정이 굳었다.

"검거해. 반항하면 뒤지게 맞을 줄 알아."

그때 깡치는 박동철의 목소리가 어디선가 들은 것 같다는 생각이 들었다.

"너, 너, 혹시……!"

                    *   *   *

어두운 방.

—딩동! 완벽하게 젖은 조개~ 님이 대화를 신청하셨습니다.

겨우 스물 몇 살쯤 되어 보이는 청년이 야릇한 시선으로 모니터에 들어갈 것처럼 뚫어지게 모니터를 보고 있었는데 청년은 여자 아이돌도 아닌데 하의 실종(?) 상태였다.

—딩동~

—완벽하게 젖은 조개~ 님이 대화를 신청하셨습니다.

기계음으로 만든 여자의 목소리가 들렸고, 청년은 음성과 함께 모니터 창에 뜬 메시지를 봤다.

"오 새로운 걸~"

청년은 바로 쪽지에 관심을 가졌다. 뉴 페이스, 아니, 뉴 바디의 등장이라고 해야 맞을 것이다.

지금 청년은 몸캠이라는 신종 음란 사이트에 푹 빠져 있었다.

사실 음란이라는 것은 태곳적부터 있어왔다. 하지만 현대에 와서 더 자극적으로 발전했다.

1996년 이후에는 060 음성대화로 30초당 600원이라는 엄청난 돈을 주면서 폰섹스가 시작됐고, 물론 지금도 예전 활황기만큼은 아니지만 어느 정도 이상의 매출을 기록했다. 그리고 인터넷이 발전하고 보급되면서 060 음란 전화 업자들은 빠르게 음란 화상 채팅으로 돌아섰다.

결국 모든 것은 남자들의 욕망을 자극하기 위해 만들어졌다.

"쫄깃쫄깃하네."

청년이 보고 있는 메시지 창에는 잘빠진 여자가 요염하게 앉아 있는 사진도 있었다.

"이거 진짜는 아니지만 좋네."

청년은 혼잣말을 중얼거리며 처음으로 승낙을 클릭했다.

사실 이 청년은 몸캠이라는 신종 음란 채팅에 완벽하게 중독되어 있었다.

―대화를 승낙하셨습니다.

그와 동시에 화상 대화창이 열렸고, 캠으로 자신의 몸을 비춘 여자의 모습이 크게 보였다.

모니터에 나타난 여자의 모습은 오직 몸뿐이었다. 완벽한 캠을 조정한 각도를 통해 여자의 얼굴은 겨우 턱 선만 보였다.

그렇게 모니터에 보이는 여자는 야시시한 남자의 로망이라는 남자 와이셔츠를 입고 있었다.

그리고 이 불법 음란 화상 채팅은 음란함의 극치이면서 누구와도 소통이 없는 대한민국의 남자들이 이렇게도 많다는 것을 여실히 보여주는 불편한 진실이었다.

또 이 대한민국도 바다 건너 일본처럼 각종 변태들이 늘어나고 있다는 증거이기도 했다.

"오~ 와이셔츠 죽이네. 이년은 머리가 좀 있네. 로망을 알아. 히히히!"

그의 눈빛은 잔뜩 욕망에 차 있었고, 그 욕망은 허구의 세상인 인터넷만큼 삐뚤어져 있는 듯했다.

어쩜 이건 청년의 슬픈 현실의 완벽한 표현일지도 몰랐다.

비뚤어진 욕망이 가득한 청년의 눈에 들어온 여자는 불순한 의도가 가득하게 흰색 와이셔츠를 입었는지 벗었는지 모를 정도로 단추를 몇 개나 풀어놓았다.

흰색 와이셔츠 속으로 풍만한 가슴골이 적나라하게 보였고, 당연히 청년의 눈은 여자의 와이셔츠에 고정되어 있었다. 모니터 때문인지 여자의 가슴은 거의 C컵처럼 보였고, 꽤나 자극적인 모습이었다.

꿀꺽!

청년은 자신도 모르게 와이셔츠 속의 풍만한 가슴골을 보고 마른침을 삼켰다.

―완벽하게 젖은 조개~ : 오빠, 어디야?

정말 이건 삐뚤어진 인터넷 세상의 또 하나의 나쁜 단면이 분명했다.

사실 처음 청년이 이 화상 채팅 사이트를 발견한 것은 우연이었다. 그리고 무료로 주는 1,000포인트, 그러니까 천 원에 해당되는 캐시를 다 쓰고 돈을 입금하며 몸캠에 푹 빠졌다.

그리고 술이라도 한잔 마시고 퇴근하는 날이면 이렇게 몸캠에 열중했다.

　"놀아줘야 하나?"

　이제 청년 자신이 자신을 유혹한다.

　그만큼 화상 채팅은 사람을 묘하게 흥분시키고 또 묘하게 자극했다. 그런 마력이 있는 화상 채팅이었다.

　사람이, 그것도 여자와의 대화가 그리운 청년에게는 뿌리칠 수 없는 유혹이었다.

　—쪽지가 도착했습니다.

　청년은 모니터의 쪽지를 봤다.

　그리고 바로 인상을 찡그렸다.

　"아줌마는 즐!"

　처음에는 누가 신청만 해도 바로 허락했지만 이제는 고르는 경지에 이르렀다.

　"거부! 넌 즐!"

　지이이잉!

　그때 청년의 핸드폰이 울렸다.

　"엄마네."

　청년은 인상을 찡그렸다. 딱 휴지를 낭비(?)할 생각을 하고 있을 때의 엄마의 전화는 모텔에서 애인과 딱 즐기려는 순간 애국가가 숙연하게 울리는 것과 다름없었다.

　"왜, 엄마?"

　—아들, 오늘 엄마가 퇴근길에 곱창 샀는데 한잔할까?

　엄마의 말에 청년은 벽에 걸린 시계를 봤다.

'시간이 벌써 이렇게 됐네.'

자신도 모르게 인상을 찡그렸다.

"저, 오늘 회식 있어서 마시고 들어와 술은 못 마실 같아요."

―아들!

청년의 엄마가 무거운 목소리로 아들을 불렀다.

"왜요?"

―내가 너 그렇게 약하게 안 키웠다.

순간 멍해지는 청년이다.

"젠장! 알았어요. 강한 아들이 될게요. 그런데 언제 와요?"

―10분이면 돼.

"알았어요."

―기다려, 강한 내 아들!

뚝!

통화를 끝내고 청년은 바로 모니터를 봤다.

"10분이면 떡을 치지."

청년이 씩 웃었다.

"뭐야, 별점이 100점이네?"

별점.

이건 여자의 매력도와 인기도를 나타내는 표시다.

별점이 100점이면 청년처럼 황제 등급으로 여자로서 만 렙을 찍은 것이다. 그만큼 많은 남자들과 대화했고 또 그만큼 매력도 있다는 것을 의미했다.

"어디 한번 들어가 볼까?"

청년은 마우스 위에 올린 오른손 검지를 힘 있게 눌렀다.

―채팅이 시작되었습니다.

다시 기계음이 들렸다.

―완벽하게 젖은 조개~ 님 : 오빠, 어디야?

채팅을 처음 시작하는 여자들의 첫마디는 언제나 '오빠, 어디야?'였다.

이건 이제 화상 채팅 사이트의 인사말처럼 되어버렸다.

"어디긴 어디야, 집이지."

청년은 마치 채팅하는 여자가 옆에 있기라도 한 것처럼 혼잣말을 중얼거렸다.

―벗겨주는 오빠~ : 설.

―완벽하게 젖은 조개~ : 설 어딘데?

―벗겨주는 오빠~ : 왜, 말해주면 오게?

―완벽하게 젖은 조개~ : 택시비만 챙겨주면 못 갈 것도 없지.

처음 이런 소리를 들었을 때 청년은 가슴이 두근거렸다. 그러나 지금 청년은 채팅 창을 보고 피식 웃었다.

"내가 또 당하면 병신이지."

―벗겨주는 오빠~ : 됐고, 몇 살이냐?

이건 어디에 사느냐 다음으로 많이 하는 질문이다.

보통 이런 질문을 받으면 여자들은 한결같이 스물둘이라고 한다. 너무 어리면 아무것도 모를 것 같고, 또 너무 많으면 닳고 닳은 것 같아서 다 그렇게 말한다는 것까지 터득한 남자였다.

―벗겨주는 오빠~ : 됐다. 다 생략하고 화끈하게 가자.

―완벽하게 젖은 조개~ : 오빠, 꾼이야?

―벗겨주는 오빠~ : 시간 없다. 어서 벗으라고. 돈 날아가고

있잖아.

　—완벽하게 젖은 조개~ : 이런 거 계속하면 경찰서에 출석할 수 있습니다.

　이미 불법 음란 화상 채팅 사이트 사무실은 경찰이 점령해 헐벗은 여자들을 체포했고, 오 수사관이 자리에 앉았다.

　—벗겨주는 오빠~ : 뭐야? 왜 이래?

　—완벽하게 젖은 조개~ : 정신 좀 차려라! 이런 거 보면서 딸치면 좋냐?

　갑자기 채팅 대화가 돌변했다.

　—벗겨주는 오빠~ : 너, 미쳤니? 너, 누구야?

　—완벽하게 젖은 조개~ : 서울지검 수사관!

　벌컥!

　"아들, 소주 마시자!"

　순간 청년의 엄마가 문을 벌컥 열었고, 문을 연 엄마도, 놀라 급하게 고개를 돌린 아들도 얼음처럼 굳었다.

　"엄, 엄마……."

　"우, 우리 아들, 다 컸네."

　모자지간에 황당한 장면이다. 아들이 하의 실종한 것을 자신도 모르게 보고 말았으니까.

　그렇다고 해도 뭐라고 할 수도 없는 노릇이다.

　　　＊　　　　　＊　　　　　＊

　불법 음란 화상 채팅 관리사무실.

"너, 너, 혹시?"

깡치는 나를 보고 굳었다. 아마 몇 년 전 한국병원의 일이 떠오르는 모양이다.

"기억력 좋네."

"너, 너 맞지?"

대답 대신 장갑을 벗었고, 놈이 내게 남긴 상처를 보여주었다.

"이거?"

깡치가 내게 남긴 상처다. 그러고 보니 저번 삶에서도 이번 삶에서도 깡치는 내게 영원히 기억될 상처를 남긴 놈이다.

그 상처가 이젠 복부가 아닌 손이지만 그러고 누가 보면 손금이 재물 복 하나는 타고난 것처럼 보일 것이다.

사시미를 잡았을 때의 상처 때문에 재물선이 엄청나게 길어졌으니까.

"개새끼! 이 씨발 새끼!"

깡치가 흥분한 듯 내게 테이블에 놓여 있는 묵직한 크리스털 재떨이를 들고 덤벼들었고, 그와 동시에 경찰들과 수사관들이 깡치를 향해 달려들었다.

퍼퍼퍽! 퍼퍼퍽!

"아악!"

퍼억!

"으악!"

이런 것을 보고 경찰 다구리라고 할 것이다.

이때 알았다. 조폭만, 그리고 양아치만 다구리를 까는 것이 아니라는 것을.

경찰도, 그리고 검찰 수사관도 다구리를 깐다.

"살, 살려줘!"

한국병원 때도 그랬다. 깡치는 한마디로 뒤지게 맞고 살려 달라고 애원했다.

"그만하세요. 애 잡겠네."

어떤 면에서 깡치는 지지리도 운이 없는 놈이다.

나한테 두 번이나 걸렸으니까.

"예, 검사님!"

그제야 다구리를 까던 경찰과 검찰 수사관이 멈췄다.

＊　　　　＊　　　　＊

벌컥!

형사들이 방마다 수색을 실시했고, 그때마다 헐벗은(?) 여자들이 굴비처럼 끌려나왔다.

"꺄아악!"

비명을 지르는 여자도 있었다.

"뭽니까~"

발음이 어색한 여자도 있었다.

"여긴 조선족이네."

"누굽니까?"

"경찰!"

여자는 그제야 인상을 찡그리며 주섬주섬 옷을 입었다.

그렇게 수십 명의 여자도 체포됐다. 정말 하루 만에 최고의 성과를 올리고 있는 박동철이었다.

"여기가 마지막이야?"

"예, 선배님!"

"싫어요."

그때 앙칼진 여자애의 목소리가 들렸다.

"^&**&^%$$."

그리고 알아들을 수 없는 일본어가 들렸다.

"여기 뭐야?"

마지막 방 앞에 선 형사들이 인상을 찡그렸다. 그리고 바로 급하게 문을 열었지만 잠겨 있었다.

"부숴!"

그 순간 도끼를 든 순경들이 뛰어왔다. 이 역시 박동철이 알려준 것이다. 문이 잠기면 도끼를 이용해서 문을 부수라고.

쉬우웅, 쾅! 쩌어억!

그렇게 몇 번 순경들이 힘차게 도끼질을 했고, 문은 금방 부서져 나갔다. 경찰들이 급하게 문을 열고 들어서는 순간 경찰들의 표정이 굳었다.

"이런 개새끼가!"

경찰 하나가 아무것도 입고 있지 않은 가면을 쓴 대머리 남자를 향해 미친 듯이 뛰어들었다.

퍼퍼퍽! 퍼퍼퍽!

"으악! 아악!"

퍼퍽!

가면을 쓴 대머리 남자에게 달려든 형사는 맞고 있는 남자가

죽어도 상관없다는 듯 모질게 밟아댔다.

"으윽… 스… 스미마셍~ 스미… 스미마셍… 사… 살려주시무니까?"

처음에는 일본어가 튀어나왔다가 뜻도 맞지 않는 한국어로 소리쳤다.

"이 새끼, 쪽발이야?"

"스, 스미마셍!"

"검사님께 알려!"

"예, 선배님!"

그리고 바로 순경 하나가 자신이 입고 있는 경찰 잠바를 벗어 벌벌 떨고 있는 열세 살 정도의 여자애에게 입히듯 몸을 가렸다.

"괜찮아. 아무 일도 아니야. 우리 경찰 아저씨야!"

"아, 아저씨!"

다다닥! 다다닥!

누군가 급하게 뛰어왔다.

"검사님!"

형사다.

'급한가?'

나는 만신창이가 된 깡치를 보다가 고개를 돌려 나를 부른 경찰을 봤다.

"뭡니까?"

"…와서 좀 보셔야겠습니다."

"뭐죠?"

"입에 담기도 더럽습니다."

그 순간 깡치의 눈이 파르르 떨렸다.

'뭔가 있네.'

나는 깡치에게로 다가갔다.

"깡치!"

"사, 살려주십시오."

"너도 가자."

나는 깡치의 멱살을 잡아 일으켰다.

*   *   *

경찰의 안내를 받아 간 사무실에서는 촬영 장비가 있고, 가면이 벗겨진 상태로 몰매를 맞은 대머리 남자가 발가벗겨진 상태로 쓰러져 있었다.

그 광경을 본 깡치는 두려운 눈빛으로 파르르 떨었다. 스스로도 큰 것이 걸렸다는 것을 알고 있다는 눈빛이다. 그리고 여경의 다독임을 받고 있는 여자애의 모습이 보인다.

"…일본인 같습니다."

경찰의 보고에 나는 저 대머리 남자가 변태성욕자라는 생각이 들었다. 그리고 이곳이 내 사건 중 하나인 아동 및 청소년 성매매와 동영상이 만들어지는 곳이라는 것을 직감했다.

'기승전칠승파군.'

이래서 조폭은 사회의 악인 것이다.

지금 이 시간에도 조폭은 지속적으로 새로운 범죄를 저지르면서 지능적으로 진화하고 있었다.

"쪽발이라고요?"

내 입에서 쌍스러운 말이 나오자 역시 우리 검사님이라는 눈빛으로 경찰이 나를 봤고, 나는 쓰러져 있는 쪽발이에게 걸어가 대머리 남자를 깨우기 위해 놈의 손등을 구둣발로 밟았다.

"으 으윽!"

손이 밟히자 쪽발이 대머리가 고통스러운 표정으로 깨어났다.

"쏘리~"

"스, 스마마생~"

깨어나자마자 미안하단다.

제가 지은 죄는 아는 모양이다. 그게 아니면 죽도록 맞아서 더는 맞고 싶지 않아서 저러는 것일 테다.

"누구 일본어 할 줄 아는 사람 있습니까?"

내 물음에 눈만 껌뻑인다.

"없네요. 우선 증거 자료로 사진 찍어놓으세요."

"예?"

내 말에 경찰이 황당한 눈빛으로 나를 봤다.

"저 상태로 찍으세요. 나중에 아리가또로 끝낼지 모르니까."

"예."

바로 경찰들이 여기저기서 사진을 찍었다.

"깡치!"

나는 깡치를 노려봤다.

"예……."

깡치는 잔뜩 겁을 먹은 상태이다. 지금 이 현장은 음란 화상 사이트 개설한 것에 대한 형량보다 훨씬 크다는 것을 알고 있는 것이다.

"너, 아주 빼도 박도 못하게 된 것 같다."

"제, 제가 안 했습니다."

"그럼 우 실장이 시킨 거야?"

내 질문에 깡치가 눈만 껌뻑였다.

아마 고민스러울 것이다. 우 실장이 배후에 있다고 자백하면 더 이상 우 실장의 보호를 받지 못할 거라고 생각한 것이다.

우 실장이 검거되었다는 것을 모르니 저렇게 고민하는 거다.

"그, 그게……."

"너야, 우 실장이야?"

"그게… 그래, 시발! 내가 이 사무실의 사장이다!"

결론은 독박을 쓰겠다는 깡치다.

"그래, 그 마음 변하지 마라. 내가 아주 너의 30대는 기억나지 않게 해줄 테니까."

깡치가 인상을 찡그렸다.

"검사님!"

그때 경찰이 묵직한 하드디스크를 가지고 왔다.

"뭐죠?"

"이런 하드 안에 아동 성매매가 촬영된 동영상이 엄청납니다."

"아이들이 모두 다르죠?"

내 질문에 어떻게 알았냐는 눈빛으로 경찰들이 나를 봤다.

"예."

또 전과 확대를 해야 한다.

조폭들은, 특히 사악한 놈들일수록 개미굴이라는 것을 만든다. 부모에게 팔린 아이들부터 납치한 아이들까지 모아서 앵벌이를 시키거나 소매치기를 가르친다. 그리고 일부 아이들은 조폭으로 키워진다. 그런 곳을 개미굴이라고 하고, 칠승파의 우천재계파는 그 개미굴을 만들어 이렇게 일본으로 수출할 아동 성매매 동영상을 제작한 아이들을 충당한 것이다.

"검사님, 거의 끝났네요."

그때 조명득이 합류했다.

공식적인 상황에서 나는 검사, 조명득은 조 수사관이다. 하지만 나는 조명득의 말에 대답도 하지 않고 깡치를 봤다.

"깡치!"

"……."

자신이 끝장났다는 생각에 그저 나를 째려볼 뿐이다.

그는 아마 지금쯤 온갖 생각을 하고 있을 것이다. 그러면서도 우 실장이 자신을 빼줄 거라고 생각할 것이다. 우 실장이 이미 검찰청 조사실에 감금되어 있는지 모르니 말이다.

"묵비권이냐?"

"예."

"애들 어디에 있어?"

매섭게 노려봤다.

"뭔 소리입니까?"

"개미굴이 어디냐고?"

"그게 뭔데요?"

개미굴이라는 것 자체를 부정하려는 깡치다. 원래 이렇다. 조폭은, 아니, 모든 범죄자는 확실한 증거가 나올 때까지 배를 쨌다.

정말 확 배를 째버리고 싶다.

"어딨냐고!"

나도 모르게 버럭 소리를 지르며 깡치의 멱살을 잡았고, 곧장 주먹이 올라갔다.

"아이고, 이러다 치시겠습니다. 대한민국 민주 검사가 무고한 시민을 치시겠습니다."

퍽!

"으악!"

나는 바로 분을 참지 못하고 깡치의 면상을 깠다.

"시발 새끼야! 나는 민주 검사 아니라 꼴통 검사다, 개자식아!"

나도 모르게 욱했다. 저렇게 어린 소녀들을 이 참혹한 범죄에 이용했다는 것에 치가 떨렸다.

정말 마음 같아서는 죽여 버리고 싶다.

그런데 보는 눈이 너무 많다.

"으아아악! 검사가 수갑 찬 시민한테 폭력을 가하네!"

조금 전까지는 벌벌 떠는 깡치였는데 이제는 될 대로 되라는 심정으로 막나가고 있다.

"…다 나가세요."

내가 차갑게 말하자 그제야 깡치의 눈동자가 살짝 떨렸다.

"거, 검사님!"

다른 경찰들이 나를 말렸다.

"다 나가시라고요!"

"검사님!"

그때 조명득이 나를 불렀다.

"제가 해결하겠습니다. 맡겨주세요. 그리고 이거……."

조명득이 내게 담배를 건넸다.

"…예."

그렇게 나는 담배에 불을 붙이고 뒤로 물러났다.

"깡치 씨!"

"너는 또 뭐야?"

"조명득 수사관이라고 합니다."

"그래서요? 봤죠? 아까 검사가 수갑을 차고 있어서 저항할 수 없는 사람한테 폭력을 가하는 것을."

"봤습니다. 제가 나중에 증인이 되어드리겠습니다."

"정말요?"

"예, 그럼 이제부터 깡치 씨 이야기를 좀 하죠."

무슨 이유에선가 조명득은 깡치에게 존댓말을 하고 있었다.

"뭔 이야기를……."

"깡치 씨, 제가 보기에는 아주 크게 걸린 것 같은데요?"

"아~ 미치겠네."

자신이 뭐가 된 것은 깡치 자신도 알고 있는 것이다. 이래서 끝까지 몰리면 쥐도 고양이에게 덤빈다는 이야기가 있는 것이다.

"애들 어디에 있습니까?"

"모른다고."

"그럼 선택을 하세요."

"뭔 선택요?"

"오늘 FBI에서 공조 수사 의뢰가 들어왔는데, 아~ FBI가 뭔지는 알죠?"

"그, 그런데요?"

"미국에서는 아동 성매매나 이런 추잡한 짓에 가석방 없는 종신형이 보통인 것도 아시려나?"

"그건 미국 이야기고, 한국은 다르지."

"그렇죠. 그건 미국 이야기죠. 그런데 FBI에서 범죄자 수사 인도 요청을 했네."

조명득이 씩 웃었다.

마치 내가 보기에는 악마의 미소 같다.

"그, 그래서요?"

"당신, 곧 비행기 탈 거라고. 당신이 제작한 아동 성매매 동영상이 미국에 쫙 풀렸어. 무슨 말인지 알겠어? 당신은 우리가 FBI에 넘기는 순간 미국에서 재판을 받을 수 있다고."

물론 말도 안 되는 소리다. 아무리 범죄자라고 해도 대한민국 영토 내에서 벌어진 자국민의 범죄에 대한 처벌은 자국에서 이뤄진다. 하지만 깡치는 겁을 살짝 먹은 것 같다.

"깡치!"

"……."

어느 순간 조명득이 깡치에게 반말을 했다.

"너, 한국에서 아동 성매매 위반, 불법 음란 사이트 개설, 금융 실명제 위반 등으로 12년 살면서 콩밥 먹을래, 아니면 미국 가서 죽을 때까지 햄버거 먹을래?"

"아니, 잠깐. 한국 사람이 미국 감옥에서 종신형 사는 법이 어디에 있어?"

깡치도 이상한 모양이다.

"미국은 우리보다 아동 관련 수사를 오래 해. 무슨 말인지 알 겠어? 너는 보석도 없다고. 재판까지 아마 5년은 걸릴 거다. 우 린 너를 돌려달라고 안 할 거고, 또 우리는 바쁘기도 하니 외교 부는 네가 미국에 가 있는지도 모를 거다."

꿀떡!

깡치가 마른침을 삼켰다. 물론 조명득이 하는 소리는 개소리 다. 하지만 이런 경우는 듣도 보도 못했으니 먹히는 것 같다.

"결정해. 입맛에 익숙한 콩밥 먹을래, 죽을 때까지 햄버거를 먹을래?"

"수, 수사관님!"

다시 겁을 먹은 것 같다.

"콩밥? 햄버거?"

놀리는 거다.

"콩, 콩밥!"

조명득의 헛소리에 깡치가 항복을 했다.

"그리고 깡치!"

"예, 수사관님!"

"아까 검사님이 살짝 터치한 것도 퉁? 어때?"

선택의 여지가 없을 것이다.

"…퉁."

깡치가 지그시 입술을 깨물었다.

"검사님! 깡치 씨가 드릴 말씀이 있다고 하네요."

나는 깡치에게 다가갔다.

"아까는 흥분해서 미안하고."

"아, 아닙니다."

"애들 어디에 있어?"

"애들은 서울역 까치 만화방 지하에 있습니다. 그리고 검, 검사님!"

"왜?"

깡치 저놈을 보는 것만으로도 역겹다.

"제가 정, 정말 형량이……."

"12년! 그래도 너는 운이 좋은 줄 알아. 풀 배팅으로 구형하진 않을 거니까."

물론 거짓말이다.

난 수단과 방법을 가리지 않고 풀 배팅이다.

"검사님!"

깡치가 자꾸 나를 부른다.

"왜?"

"저, 저는 그냥……."

깡치의 눈빛이 떨렸다. 마음이 바뀌고 있는 것이다.

"우 실장이야? 이렇게 아동 성매매 및 동영상 촬영하는 이곳을 만든 사람이?"

"그게……."

"이제부터 녹음합니다. 동의하십니까?"

말을 하고 깡치에게 녹음기를 보여주자 깡치가 기겁했다. 만약 이렇게 녹음이 되면 증거가 된다. 불법 녹음이 아니고 동의를 받아서 하는 녹음은 그 자체로 자백의 효과가 있고 증거니까.

딸깍!

나는 잠시 녹음기를 껐다.

"3년 까줄게."

이제는 흥정이다.

"3년 말입니까?"

"그래. 이 모든 것을 우 실장이 시켰다는 한마디만 하면 3년 감형시켜 줄게. 그럼 40대 중반부터는 빵에서 눈 내리는 하늘 안 봐도 된다."

"정, 정말이십니까?"

"난 거짓말 안 해."

그러고 나는 바로 살짝 입에 침을 발랐다.

"예."

"그럼 다시 합시다."

나는 녹음기의 녹음 버튼을 눌렀다.

"지금부터 녹음합니다. 아동 성매매와 아동 성매매 동영상 제작을 지시한 사람이 우천재 실장입니까?"

"…예, 그렇습니다."

"오해의 소지가 있으니 정확하게 이곳을 만든 사람의 이름을 말해주십시오."

"우천재 실장이 음란 채팅 사이트와 아동 성매매를 동영상을 찍으라고 제게 지시했습니다."

깡치는 그렇게 말하고 고개를 푹 숙였다.

'우 실장! 너는 종신형이다, 망할 새끼야!'

나는 바로 돌아섰다.

"모두 집합하세요."

이곳도 거의 마무리가 된 것 같다.

"예, 검사님!"

벌써 새벽이 지나 곧 해가 뜰 것 같다. 하지만 경찰들과 수사관은 피곤한 기색 없이 눈동자만큼은 초롱초롱한 것 같다. 마치 자신이 경찰이 되어, 또 수사관이 되어 보람을 느낀다는 눈빛이다.

아마 단시간에 이렇게 많은 전과를 올리고 범죄자를 잡은 검사도 없을 것이다. 그리고 우 실장이라는 대물급을 잡은 신입검사도 없을 것 같다.

"피곤하신 거 아는데, 좀 더 고생해 주셔야겠습니다."

"예, 검사님!"

"이제부터 개미굴을 급습합니다."

나는 개미굴에 대해 형사들에게 설명할 참이다.

"불법 성매매 업소나 퇴폐 업소 단속은 다 가보셨죠?"

"예, 검사님!"

대한민국 형사라면 안 해본 사람이 없을 것이다. 사실 그런 단속은 무의미하다.

아무리 포주를 잡아들여도 법이 약해 벌금 정도로 풀려나고 다른 이름으로 다시 영업을 하니까.

그러니 강력한 처벌이 필요했다.

"쪽방, 비밀방, 이런 거 엄청납니다. 하지만 개미굴은 더합니다."

왜 개미굴이냐면 은밀하게 만들어놓은 비밀 방이 많고, 구조가 매우 복잡하기 때문이다.

그렇게 나는 개미굴에 대해 자세하게 설명했고, 경찰들은 겨우 스물일곱 살의 검사가 어떻게 이런 세부적인 것까지 알고 있느냐는 눈빛으로 나를 봤다.

'미래의 기억이 도움이 되네. 쩝!'

아이러니하게도 지어본 죄가 지금은 수사에 쓰이는 것이다.

"음향탐지기 구하세요, 오 수사관님."

"예?"

"멀리서 새소리를 들으려고 설치하는 거 있잖습니까? 동물의 왕국에서 많이 나오고 군대에서도 많이 쓰는 거요."

"아~ 예."

"소리로 찾아야 합니다. 아이들의 숨소리로. 그렇지 않고서는 못 찾는 애들도 있습니다."

문제는 못 찾는 애들이 있으면 안 된다는 것이다. 개미굴이 발각되면 범죄자들은 개미굴을 버린다. 그럼 경찰이 수색에서 못 찾는 애들은 그 상태로 갇혀서 굶어 죽게 될 수도 있었다.

그러니 단 한 명의 아이도 놓쳐서는 안 되었다.

"바로 이동합니다."

"예, 검사님!"

경찰들과 수사관이 우렁차게 대답했다.

제2장
내 사람 감싸기

개미굴을 급습했다. 개미굴을 지키는 양아치를 병정개미라고 부른다. 우리는 곧바로 병정개미들을 작살을 내놨다. 이것도 아마 과잉 진압이라고 할 것 같다.

하지만 아이들의 목숨이 달린 일이다. 그러니 모질게 조져야 한다. 그래야 한 명의 아이도 놓치지 않는다.

"다 불어! 알았어?"

"…예."

그리고 조직의 일원이 아닌 병정개미들은 의리가 없다. 그래서인지 꽤 많은 아이들이 구출됐고, 오 수사관이 가지고 온 고성능 음향탐지기를 이용해 몇 개의 개미방을 찾았다.

그래서 우리는 수색하는 동안 숨도 조심히 쉬었다.

"여긴 것 같습니다."

음향탐지기 조작 기사가 떨리는 눈으로 내게 말했다. 눈으로 보기에는 아무것도 없다.

하지만 음향탐지기로 들으니 숨소리가 들린단다.

그럼 저 벽 너머에 있다는 말이다.

"찾아요. 작동 버튼이 있을 겁니다."

정말 깡치가 말한 까치 만화방은 거대한 개미굴이었다. 그렇게 한참을 아이들이 숨겨져 있을 개미굴의 비밀 문을 찾았다.

"검사님, 찾았습니다!"

형사 하나가 감격스러운 눈빛으로 내게 소리쳤다.

"여깁니다, 검사님!"

그렇게 비밀 문을 열었고, 나와, 아니, 우리 모두는 경악했다.

20여 명의 아이들이 겁먹은 눈동자로 앉아 있었기 때문이다.

'모두 여자애다.'

저 여자애들이 바로 변태들의 욕망을 채워줄 도구로 쓰일 뻔했다.

뿌듯하다.

다시 회귀한 보람이 있다.

"…아이들을 모두 병원으로 옮기세요."

"예, 검사님! 정말 대단하십니다. 음향탐지기가 없었다면 저 아이들은……."

만약 우리의 수색이 완벽하지 못했다면 저 아이들은 아무것도 모르는 상태에서 굶어 죽었을 것이다.

무려 20명을 살린 것이다.

그렇게 검거 작전과 수색 작전은 종료가 됐다.

이제는 지루한 피의자 조사가 이루어져야 한다.

"으으으으압!"

수색과 검거 작전이 끝났다는 말에 경찰들과 수사관들이 이제야 피곤이 몰려오는 모양인지 여기저기서 하품을 하고 기지개를 켜고 있었다.

"고생하셨습니다, 검사님. 벌써 11시네요."

거의 18시간 만에 작전이 끝난 것이다.

"예, 고생하셨습니다, 오 수사관님."

"이제야 다 끝났네요."

하지만 아직 끝내지 못한 것이 있다. 자꾸 내 머릿속에는 마수사관의 얼굴이 떠올랐다. 지금쯤이면 백일잔치가 펼쳐지고 있을 것이다. 아마 쓸쓸한 백일잔치가 될 것이다.

모든 사회가 다 그렇듯 배신자에게는 냉정한 법이니까.

"…아뇨, 아직 남았습니다."

내 말에 기지개를 켜며 피곤한 기색을 보이던 경찰들과 수사관들이 나를 봤다.

딱 눈빛이 아주 끝으로 파는구나, 이렇게 보는 것 같다. 보통의 평검사들은 성과 위주로 일을 한다. 검사도 진급을 해야 하니까. 그리고 그 성과를 위해 무슨 짓이든 한다. 어떤 면에서 보면 그렇게 보일 수도 있을 것이다.

"또 있습니까? 오늘 아주 날을 잡으셨습니다."

하지만 오 수사관은 나를 안다.

한번 시작하면 끝을 본다는 것을 알고 있다.

"예, 있습니다. 마지막 작전입니다."

"차 대기시키겠습니다."

"예, 모두 같이 출동하는 겁니다."

그리고 나는 조명득을 봤다.

"조 수사관!"

"예, 검사님!"

"서울에 있는 전경 중대 지원 요청하세요."

"검사님!"

조명득이 이해가 되지 않는다는 눈빛으로 나를 봤다.

"왜요?"

"…꼭 이러실 필요 있으십니까?"

나는 이미 조명득에게 따로 지시한 것이 있다.

그래서 조명득은 내가 무엇을 하려는지 알고 있었다.

"있죠."

나도 회귀를 하기 전까지는 범죄자였다. 그리고 회귀를 하고 개과천선했다. 그도 그럴 것이다. 스스로 나를 위해서 죽으려고 했다. 그럼 그는 새로워질 수 있다는 말이다.

"저기……"

조명득이 내게 말을 하려다가 멈췄다.

오 수사관이 보고 있기 때문인 것 같다.

"저는 먼저 차에 가 있겠습니다."

"예, 오 수사관님."

그렇게 오 수사관이 자리를 비켜줬다.

"뭔데?"

"검찰청 내사과 수사관들이 출발했단다."

조명득의 말에 나도 모르게 인상을 찡그렸다.

"…그것들은 딸도 없대?"

"그러게."

"하여튼 가자."

"참 너도 오지랖 정말 넓고 꼴통이다."

조명득의 말에 나는 피식 웃었다. 하지만 마음은 무겁다. 나도 어떻게 해야 할지 모르겠다. 하지만 가야만 한다.

"…가자, 지원 요청해라."

"경찰이 검찰 시다바리가~"

조명득이 짜증스럽게 말했다. 물론 착잡한 내 마음을 미리 읽고 저런다는 것도 나는 알고 있다.

"시다바리라니? 파트너지. 그리고 너는 이제 경찰도 아니잖아."

"아직 옷 안 벗었다."

장난스럽게 씩씩거렸다.

"다음에는 경찰 시다바리, 검찰이 해줄게."

조명득에게 아양을 떨었다.

"치아라! 알았다."

*   *   *

박동철의 예상대로 마동우 조사관의 딸 백일잔치는 썰렁했다. 직장 동료들이 한 명도 참석하지 않았다.

"…아무도 안 오네."

테이블에 빈자리가 너무 많았다. 마 수사관의 아내는 살짝 서글픈 표정을 짓고 있고, 마 수사관은 자신의 배신 때문에 아무도 참석하지 않을 거라는 것을 예상하고 있었다.

"오실 분 더 있습니까?"

백일잔치 사회자가 마 수사관에게 물었다.

"…없습니다. 시작하시죠."

정말 큰마음 먹고 한 백일잔치다. 그런데 손님이 없었다.

서글프지만 이 모든 것은 자신이 지은 죄 때문이다. 그래도 이렇게 딸의 백일잔치를 할 수 있는 것은 박동철 검사의 배려라는 것 역시 그는 너무나 잘 알고 있었다.

박동철이 아니었다면 바로 긴급 구속되었을 테니까.

"하, 하하… 하객이 많지 않네요."

사회자가 괜히 마 수사관과 아내의 눈치를 봤다.

준비된 좌석은 200석인데 거의 다 비어 있으니 눈치가 보이는 모양이다.

"…시작하십시오."

서울 소재 전경 중대.

"아아아! 죽겠다. 하루 종일 서 있었더니 미치겠다!"

에에에에엥~ 에에에엥~

그때 또 비상 사이렌이 울렸다.

"또 뭐야?"

전역을 곧 앞둔 말년이 스피커를 보며 버럭 소리를 질렀다.

―비상! 비상! 현 시간부로 중대 전원은 현 복장 그대로 연병장 집합! 비상! 비상! 현 시간부로 연병장 집합!

"이건 또 무슨 개지랄이냐? 말년에 정말 꼬이네… 토요일에는 좀 쉬어야지! 씨바아알!"

이 전경 중대는 동방건설 빌딩 앞에 선 상태로 날밤을 깠다. 그리고 막 복귀했는데 또 비상이 걸린 것이다.

"뭐 해! 비상이라잖아! 이 새끼들이 빠져서! 어서 가자. 가야 끝나잖아."

"예에에에!"

힘이 쭉 빠진 것 같다. 하지만 비상이니 뛰어나갈 수밖에 없었다.

차 한 대가 뷔페 식당으로 들어서면서 마 수사관 앞에 섰고, 차에서 검찰 내사과 직원들이 내렸다.

"마동우 수사관이시죠?"

"…예."

마 수사관은 이미 예상했다는 눈빛으로 짧게 대답했다.

"마동우 수사관을……."

내사과 직원은 뭔가 말을 하려다가 놀란 눈빛으로 변한 아내를 보고 말꼬리를 흐렸다. 연륜이 있어 아내가 보는 앞에서 죄목까지 말할 필요는 없다고 생각한 것이다. 하지만 다른 직원이 수갑을 꺼내 마 수사관에게 채웠다.

"치워라!"

처음 마동우 수사관에게 말을 한 내사과 수사관이 인상을 찡그렸다.

"예?"

"가족들 앞에서 뭐 하는 거야!"

"…죄송합니다. 규정대로 처리하는 겁니다."

내사과라서 저렇게 꽉 막힌 수사관도 있었다.

그래야 공정하고 정확하게 내사를 할 수 있으니 말이다.

"…으음!"

선임 내사과 수사관이 자신의 점퍼를 벗어 마동우 수사관이 차고 있는 수갑을 가려줬다.

"…죄송합니다."

마동우 수사관은 바로 죄송하다고 말했다.

"지금 인정하실 필요는 없습니다. 아직 내사니까요."

내사이면서 이렇게 빠르게 온 것은 도주의 위험이 있다고 판단했기 때문이다. 이건 다시 말해 박동철의 수사팀 중에 부장 검사가 심어놓은 옵저버가 있다는 의미이기도 했다. 물론 박동철이 하도 사고를 치니 어쩔 수 없는 조치겠지만 말이다.

끼이익!

그때 몇 대의 봉고차와 자동차가 뷔페 식당 앞 주차장에 서더니 수사관들이 내렸다. 수사관들과 형사들은 차에서 내리면서 왜 여기에 왔느냐는 눈빛이다.

물론 조명득과 청년은 짐작하고 있을 것이다. 그리고 차에서 내린 나를 청년이 그윽한 눈으로 보고 있다.

"검사님!"

청년이 나를 불렀다. 하지만 지금 내 귀에는 청년의 말이 들리지 않았다. 마 수사관이 내사과 수사관으로 보이는 남자 둘의 옆에 있고, 마 수사관의 아내의 표정은 굳어 있었다.

그리고 수갑이 채워진 것 같다.

점퍼로 손목 부위가 가려졌으니 말이다.

"뭐하는 겁니까?"

나는 버럭 소리를 지르며 마 수사관에게 뛰어갔고, 내 행동에 놀란 오 수사관과 조명득이 내 뒤를 따라 뛰었다.

"박동철 검사님!"

나를 알아본 내사과 수사관이 내게 살짝 묵례를 했다.

"아니, 지금 뭐하시는 겁니까?"

"마동우 수사관에 대해 내사할 일이 있어서 연행 중입니다."

이 순간 내 수사팀 중에 부장님이 심어놓은 프락치가 있다는 생각이 번뜩 들었다. 하지만 나를 감시하겠다는 의미보다 내가 사고치는 것을 최대한 빠르게 수습하겠다는 의미일 거라는 생각도 들었다.

"내사? 무슨 내사요?"

내 물음에 선임 내사과 조사관이 마동우 아내를 힐끗 봤다. 그래도 마 수사관을 배려하는 행동이다.

"무슨 내사냐고 물었습니다!"

내가 다시 다그치듯 묻자 내사과 수사관은 어쩔 수 없다는 표정으로 나를 봤다.

"…범죄 조직에 검찰청 정보를 유출시킨 혐의입니다."

"유출이요?"

"놀라시겠지만 그런 증거들이 확보됐습니다."

정황도 아니고 증거라고 했고, 마동우 수사관은 지그시 입술을 깨물었다.

"하하하! 하하하!"

나는 아주 크게 웃었다. 그리고 사람들은 내 웃음소리에 멍한 표정을 지으며 멀뚱히 내 얼굴만을 보았다.

"왜 웃으십니까?"

"제 작전이 그대로 먹혔네요. 제가 내사과도 속인 거니까요."

"…예?"

"칠승파 우 실장에게 정보를 흘리라고 한 것은 접니다. 저는 우 실장 검거 작전을 6개월 전부터 준비했습니다. 그래서 마 수사관님에게 부탁했습니다. 작은 정보들을 흘려서 관계를 유지하라고. 그러니까 어제 우천재 검거 작전을 성공시킬 수 있었던 겁니다. 이건 온전히 마 수사관님의 공입니다."

내 말에 내사과 수사관들이 멍해졌고, 마 수사관은 주르륵 눈물을 흘렸다.

"거, 검사님!"

"괜히 좋은 잔치를 나랏일 몰래 하다가 망칠 뻔했네요."

"정말이십니까, 검사님?"

내사과 선임 수사관이 의심스러운 눈빛으로 나를 봤다.

짬밥이 있다는 거다.

하긴, 내가 봐도 이 일은 자기 식구 감싸기처럼 보인다.

"대한민국 검사가 거짓말을 하겠습니까?"

물론 세상 모든 사람은 거짓말을 하고 검사는 그 세상 모든 사람들보다 더 많은 거짓말을 한다.

"어서 풀어주십시오. 마 수사관님 돌잔치 하려고 작전 끝내자마자 바로 왔습니다. 오해와 이해의 차이는 딱 한 글자 차이입니다."

이 정도로 말하면 내사과 선임 수사관은 내 말뜻을 알 것이다. 검찰청에서 먹은 짬이 있으니까.

"예, 알겠습니다. 검사님이 그렇다면 그런 거죠. 풀어드려!"

"……"

하지만 신입 내사과 수사관은 여전히 의심스러운 눈빛이다. 원래 자기 사람 챙기기가 엄청난 곳이 검찰청이라 비리를 저지른 수사관도 감싸는 분위기라고 교육을 받았을 것이고, 그래서 저러는 것 같다.

"선배님!"

신입 내사과 수사관이 선배를 불렀다.

"왜?"

"저는 그래도 조사를……"

"야, 이 씨댕아, 풀어주라고! 검사님의 작전이고, 검사님이 책임진다고 하시잖아! 니가 검사보다 높아?"

선임 수사관이 버럭 소리를 지르자 그제야 신입 내사과 수사관이 마 수사관의 수갑을 풀어주었다.

끼이익!

그때 다섯 대의 전경 버스가 주차장으로 들어섰다.

"내려!"

차에서 내린 전경 중대장이 피곤한 표정으로 버스에서 내리며 주위를 두리번거렸다.

마치 누군가를 찾는 것 같다.

"야, 조명득!"

"왔어, 동기야?"

조명득이 반가운 표정으로 전경 중대장을 향해 뛰어갔다.

"야, 뷔페 못 먹고 죽은 귀신 있냐? 검찰 수사관 백일잔치에 왜 경찰을 동원해!"

"에이~ 오늘 하루 애들 고생했잖아."

"경찰이 검찰 시다바리야?"

"아이고, 감사합니다."

나는 전경 중대 중대장에게 뛰어가 허리를 거의 90도로 숙이며 두 손으로 악수를 청했다. 지금까지 이런 검사는 만나본 적 없는지 표정이 변했다.

"거, 검사님……."

"다음엔 검찰이 경찰 시다바리 한번 해드리겠습니다. 부탁드립니다."

이미 전경들은 활동복 상태로 차에서 내리고 있었다.

"여기는 어딘데?"

"모두 집합!"

전경 중대 중대장이 버럭 소리를 지르자 전경들이 일사불란하게 집합했다.

"오늘은 배불리 먹는 날이다!"

"예?"

"파트너의 백일잔치란다. 먹어서 전경의 힘을 보여주자!"

"예?"

"먹으라고, 이 시댕이들아! 하하하!"

"예!"

우렁찬 함성이 울렸다. 졸지에 이제 앉을 자리도 없을 것 같다.

마동우 수사관의 아내는 이제 식대 걱정을 하는 눈빛이다. 그리고 다른 수사관들과 형사들은 나를 존경하는 눈빛으로 봤다.

"형수님!"

나는 바로 마 수사관의 아내를 불렀다.

"예, 검사님!"

"이거, 축의금입니다!"

이미 차에서 조명득에게 돈 봉투를 받았다.

"예?"

"축의금이요. 그럼 저희는 배고파서 먼저 먹겠습니다."

"···예."

경찰들과 수사관이 우르르 식당으로 들어갔고, 뷔페 지배인이 마 수사관의 아내에게로 왔다.

"저··· 식대가 추가로 발생할 것 같습니다."

"예, 얼마 정도나······."

"한 500만 원은 더 생각하셔야 할 것 같습니다."

지배인의 말에 마 수사관의 아내가 화들짝 놀랐다.

하지만 내야 할 돈이다.

"그럼 우선······."

마 수사관의 아내는 혹시나 해서 박동철이 준 봉투를 봤다.

그래도 검사니까 몇 십만 원은 넣었을 거라는 생각에 그 돈과 카드로 계산하려는 것이다.

"여, 여보!"

"왜?"

아직도 마 수사관의 눈가는 척척하게 젖어 있었다.

"검, 검사님이……."

아내가 내민 수표를 보고 마 수사관도 멍해졌다. 그도 그럴 것이, 태어나서 처음으로 1,000만 원짜리 수표를 봤으니까.

물론 이건 공직자 축의금이나 조의금 관련 위반이다. 뭐, 타고 난 꼴통인 박동철은 그런 것에는 신경도 쓰지 않겠지만.

＊　　　　　＊　　　　　＊

방송과 인터넷이 난리가 났다.

박동철의 총기 사용과 조폭 검거에 대한 뉴스로 가득했고, 방송과 뉴스는 과도한 진압이다. 총기 사용을 꼭 했어야 하느냐는 등 부정적인 내용이 많았다.

정권 초기여서 그런지 정치권에서 검찰 길들이기로 박동철의 행동을 꼬투리를 잡고 여론을 조장하는 것 같기도 했다.

하지만 인터넷엔 박동철을 지지하는 댓글이 엄청났다. 우습게 도 과도한 총기 사용이라는 뉴스 기사의 댓글에는 당연한 조치 였다고 네티즌들은 댓글을 달았다.

─총은 쏘라고 있는 거지! 폼이 아닙니다, 이 기자 씨댕아~
─검찰이 이번에는 속 시원하게 일했네.
─대한민국은 총을 멋있게 뽑아서 직구로 던져야 뉴스에 안 떠.
─또 일 잘하는 검사 옷 벗고 쓰레기 변호사 되겠네. 쯧쯧쯧!
─총질 검사를 국회로! 다 쏴 죽이게.
─그런데 누구래?

그 댓글 하나로 네티즌 수사대가 발족되었고, 박동철은 신상이 탈탈 털렸다.

—전설이네, 전설!
—캬~ 멋진 인생이다.
—노우스코리아마운틴 노루 점프!
—배짱 짱이다.
—연수원 수석 졸업자를 꼴통 검사로 전락시키는 더러운 대한민국 클래스.
—4천만 국민이 박동철 검사를 응원합니다. 우리를 지켜주셔서 고맙습니다.

이런 댓글이 달리니 언론은 함부로 뉴스를 낼 수도 없었고, 방송사들도 어느 정도 뉴스에서 단어 선택을 조심하기 시작했다.

하지만 이미 검찰청은 박동철 검사의 거취 문제를 두고 고심해야 했다. 그리고 가장 크게 고심하고 있는 사람은 검찰총장일 것이다.

"검찰총장 해도 시원치 않을 녀석을……."

검찰총장은 그저 인상만 찡그렸다.

"휴우……."

그리고 어떤 결심이 섰는지 어디론가 전화를 걸었다.

*　　　　*　　　　*

―검찰이 피의자 검거 중에 과도한 진압을 했다는 의혹이 제기되고 있습니다. 겨우 스무 살 된 피의자에게 검사가 조준 사격을 했고, 이에 총기 사용에 관한 데드라인이 필요할 것 같다는 의견이 제시되고 있습니다.

　앵커의 멘트와 함께 화면은 놀랍게도 병원으로 전환됐고, 발에 붕대를 감고 얼굴은 모자이크 처리가 된 피의자의 모습이 보였다. 그리고 그의 손에는 침대와 연결된 수갑도 채워져 있었다. 그리고 여기저기 검거 작전에서 체포된 조폭들이 붕대를 감고 있는 모습이 보였다.

　부장 검사가 심각한 표정으로 TV를 보고 있다.

　"이런 것을 보고 뭐라고 하는지 알아?"

　부장 검사님이 나를 째려봤다.

　"죄송합니다."

　"내가 총질하지 말라고 했지?"

　"죄송합니다."

　이럴 때는 그냥 계속 죄송하다고 말해야 한다. 대물급인 우천재를 검거하고 조폭 85명, 음란행위 가담자 62명, 변태성욕자 일본인까지 잡았는데 욕을 먹고 있다.

　"이런 것을 보고 씹 주고 뺨 맞는다고 한다."

　"죄송합니다."

　"아이고, 두야! 이제 너를 어쩌냐?"

　따르릉~ 따르릉~

그때 부장 검사실 전화기가 울렸다.

"난리네, 난리!"

부장 검사가 짜증스러운 표정으로 전화기 쪽으로 가서 전화를 받았다.

"예, 총장님!"

바로 목소리가 변하는 부장 검사님이다. 하지만 통화를 하다 보니 부장 검사님의 표정이 굳었다.

"그렇게 조치하면 검사들의 사기 문제에 지대한……."

─소나기는 일단 피하는 겁니다.

"그래도……."

─이미 발령 조치했습니다.

뭔가 있는 것 같다.

"…참 씁쓸합니다, 총장님."

부장 검사님은 원래 검찰총장님 앞에서는 고양이 앞의 쥐처럼 행동했는데, 지금의 말투는 살짝 반항하는 것 같은 말투였다.

─좋은 검사 옷 벗게 할 수는 없잖아요. 너도 이 자리에 앉아 봐. 얼마나 머리가 터지는지. 하여튼 잘 다독여요. 꼴통이라고 생각했는데 꽤나 멋지네. 하지만 아까도 말했듯이 소나기는 피하고 가는 겁니다.

"…예."

뚝!

전화 통화가 끝나고 부장 검사님이 물끄러미 나를 봤다.

"박동철!"

부장 검사님이 처음으로 내 이름을 부르셨다.

"예?"

조금 의외다. 정말 뭔가 있는 모양이다.

"…너, 이제 홍어는 실컷 먹겠다."

"무슨 말씀이십니까?"

"…미안하다."

직감적으로 시말서로는 안 되는구나 하는 생각이 들었다.

"그러니까, 이 새끼야! 왜 총질을 하고 과잉 진압을 해!"

"좌천입니까?"

"씨발, 평검사가 좌천이 있겠어? 순환보직이지."

예상한 것보다 조치가 더 컸다.

"어딥니까?"

기분이 참 묘했다. 물론 칭찬을 받고 승진을 하자고 한 행동은 아니지만, 이렇게 징벌적인 좌천이 될 거라고는 생각도 못한 것도 사실이다.

"…군산지검이다."

"회는 많이 먹겠네요."

"그래, 배터지게 먹어라."

"그럼 우 실장 사건, 제가 조사 못하는 겁니까?"

"그걸 말이라고 해!"

똑똑! 똑똑!

그때 다급한 노크 소리가 들렸다.

"죄송합니다."

이 순간 내가 할 수 있는 말은 또 죄송하다는 말뿐이다. 하나도 죄송할 것이 없는데 내가 할 수 있는 말이 죄송하다는 말뿐이라니.

그리고 노크를 한 사람이 급하게 문을 열고 들어왔다.

"뭐야?"

"부장님!"

"왜 똥 씹은 표정이야?"

"박 검사가 검거한 변태 대머리 있잖습니까? 그 새끼가 일본대사관 직원이랍니다! 지금 일본대사관에서 와서 데리고 갔습니다."

나도 부장님도 표정이 굳어졌다.

대사관 직원이라면 치외법권이다.

'망할 놈의 치외법권!'

이건 다시 말해 대한민국의 법으로는 처벌할 수 없다는 뜻이다. 물론 일본에 가서 재판을 받겠지만 이 땅에서 지은 죄이니 이 땅에서 갚고 가야 한다.

'씨발! 이래서 법만으로는 안 된다니까.'

나도 모르게 화가 치밀었다. 외교사절의 치외법권이 적용되는 것이고, 외교특권이라고도 한다. 원칙적으로 형사, 민사의 재판 관할로부터 면제가 되고 강제처분의 면제, 조세의 면제, 주거, 사무소, 문서의 불가침이 인정된다.

'개같이!'

1961년에는 외교관계에 관한 빈 조약이 채택되어 그 내용이 한층 명확해지며 더 지랄같이 변했다. 하여튼 다 필요 없고 결론만 말하자면 그 변태 대머리를 처벌할 수 없다는 거다.

"…미치겠네."

부장 검사님도 욱했다.

"야, 유 검사! 박동철 검사 사건, 네가 맡아."

"예?"

유 검사가 나를 보고 황당한 표정을 지어 보였다. 고생 고생해서 검거는 박동철이 다 했는데 왜 사건을 자기에게 맡기냐는 표정이다.

"송별회도 준비하고."

"예?"

"예? 기분도 지랄 같은데 느낌 안 와? 연수원 실업계 나왔어?"

누가 들으면 사법연수원이 여러 개 있는 줄 알겠다. 요즘 법조계에서 유행하는 말이 연수원 실업계 나왔냐는 것이다.

"호, 혹시!"

유 선배의 표정도 차갑게 변했다.

"혹시 뭐? 그래, 그거다, 새끼야!"

"…이건 아니지 않습니까?"

"그래서 왜? 항명이라도 하겠다고? 왜, 연판장이라도 돌릴래? 파업 시위라도 할래?"

부장 검사님도 답답한 모양이다. 검사가, 그리고 검찰청이 파업한다면 그 자체가 죄고, 해외토픽에 날 것이다.

"…아닙니다."

"거하게 송별회나 준비해. 야, 꼴통!"

"…예."

"미안하고 부끄러우면 나중에 홍어라도 택배로 보내라."

"하하하! 예. 제가 흑산도산 좋은 놈으로 보내드리겠습니다."

부장 검사님 앞에서 화통하게 웃자 내 웃음에 부장 검사와 유 선배는 씁쓸한 표정을 숨기지 못했다.

"…꼴통 새끼! 군산 가서 숨 좀 죽이고 있어. 내가 무슨 수를 써서라도 복귀시켜 줄 테니까."

"저, 홍어 좋아합니다. 걱정 마십시오."

좌천이기는 하지만 군산에도 조폭은 많고 범죄자도 많다. 어디서 일하는 것이 중요한 것이 아니다. 어떻게 일을 하느냐가 중요하다. 서울에 있든 군산으로 내려가든 나는 대한민국 꼴통 검사 박동철이니까.

*　　　　*　　　　*

"…지금 뭐라고 하셨어요?"

"지방 순환 근무 신청하려고요."

박동철 검사가 군산으로 순환 발령을 받았다는 공고가 뜨자마자 그와 동시에 마 수사관이 제일 먼저 군산으로 지방 순환 근무 신청서를 썼다.

"…정말 군산으로 신청하시는 거 맞죠?"

인사과 행정 여직원이 마 수사관에게 다시 물었다.

"예."

원래 이런 경우는 없었다. 그래서 황당한 여직원이었다.

"동우야! 여긴 무슨 일이냐?"

"선배님께서는?"

"공기 좋고 사건 없는 곳으로 가려고. 나도 이젠 늙은 것 같다."

오 수사관은 그렇게 말하고 행정 여직원을 봤다.

"지방 순환 보직 신청합니다."

"혹시……."

여직원은 오 수사관이 박동철 검사의 수사관인지 알고 있었다.

"예, 군산입니다. 내 고향이거든요."

물론 뻥이다.

"…정말이세요?"

"호적초본 떼 올까요?"

"아, 아닙니다."

마 수사관과 오 수사관은 박동철을 따라가기로 결심했다.

"저기요."

그리고 둘이 갑갑한 마음에 담배를 피우러 나갔을 때 완벽하게 경찰에서 검찰로 신분세탁(?)을 한 조명득이 인사과 여직원 앞에 섰다.

여직원이 조명득의 얼굴을 보고 바로 지방 순환 보직 신청서를 내밀었다.

"여기 군산지청이라고 쓰시고 나머지는 알아서 쓰세요."

"어떻게 아세요?"

"벌써 몇 분 쓰고 가셨네요."

여직원의 말에 조명득이 미소를 보였다.

"박동철 검사님, 정말 멋지신 분인가 보네요."

"예, 사람 당기는 뭔가가 있죠."

제3장
이 땅에서 지은 죄, 이 땅에서 갚아라

"야!"

지검장이 부장 검사에게 버럭 소리를 질렀다.

"왜 그러십니까? 기분도 별로인데."

"네 기분만 별로인 줄 알아?"

"그러니까요. 왜 검찰이 정치권 눈치를 봅니까?"

"그 말 하자고 부른 거 아니잖아."

"그럼요?"

부장 검사가 대놓고 반항하고 있었다.

"이거!"

지검장이 부장 검사에게 몇 장의 서류를 내밀었다

"지방 순환 보직 신청서가 왜요? 저도 갑니까? 그럼 저는 울릉도나 보내주십시오. 독도나 지키게."

변태 대머리가 외교관 신분으로 풀려난 것으로 저러는 것이다.

"너 말고! 봐라. 지금 박동철 휘하 수사관들이 다 군산으로 보직 변경 신청서를 썼다."

그 말에 부장 검사가 멍해졌다.

"…이제 군산은 범죄 없는 청정 도시가 되겠네요."

"야, 지금 그걸 말이라고 해?"

"검찰에도 꼴통 하나쯤은 있어야죠."

"그래서!"

지검장이 부장 검사를 매섭게 물어봤다.

"왜 그러시는데요?"

"…군산지검 지검장 됐다."

드림팀이 결성되는 순간이었다.

"저한테는 좌천이 아니라 승진인 것 같습니다."

"…하여튼 그렇게 됐다. 쪽팔리지만 잘 다독거려. 네 말대로 박동철이 같은 검사도 있어야지."

이런 검사들이 있기에 검찰청이 아직은 희망이 있는 것이다. 사실 검사 중 대부분이 이런 검사들이다. 단지 나쁜 짓을 하는 놈들만 뉴스에 나기 때문에 검찰청이 썩었다는 소리를 듣는 것이다.

"하여튼 홍어는 많이 먹겠네. 쩝!"

"박동철!"

유 선배가 나를 불렀다. 별로 친한 사이도 아닌데 나를 보는 눈빛이 달라졌다.

사실 유 선배는 신중론자다. 법을 집행할 때 무척이나 신중했고, 나와는 정반대 스타일로 행동하는 검사였다. 그래서 지검장님이나 부장 검사님께서는 둘을 반반 나눠서 섞어놓으며 최고의 검사 둘이 만들어질 거라고 농담처럼 말씀하셨다.

"예, 선배님!"

"얼마나 구형할까?"

"예?"

나는 우 실장 사건에서 이제는 완전히 배제됐다. 그런데 선배가 내게 물었다.

"구형을 얼마나 해줄까?"

"이제 선배님 사건입니다."

"그렇지. 내 사건이지."

유 선배가 나를 보며 미소를 보였다.

"하지만 네가 다 차려준 밥상이다."

"원래 차리는 사람 따로 있고 먹는 사람 따로 있습니다. 잘 드시면 좋죠."

이건 진심이다. 누가 처리하던지 그건 상관이 없으니까.

"그러니까 말하라고."

"말해도 됩니까?"

"해? 풀 배팅?"

"선배님!"

"왜?"

"풀 배팅 위에 뭐가 있는지 아십니까?"

"뭐가 있는데?"

"오버 배팅과 올 인이 있죠. 선배님께서는 둘 중 하나를 선택하시면 됩니다."

"…나, 정치할 거다."

유 선배가 뜬금없이 내게 말했다.

"예?"

"검사가 되면 많은 것을 할 수 있을 줄 알았는데 너 보니까 안 되는 것이 많네."

새로운 모습이다. 항상 조심하면서 사건을 해결하던 유 선배에게 저런 면이 있다는 것이 놀랍기만 하다.

"네가 놔준 다리를 밟고 올라갈 것이다."

"정말 정치하실 겁니까?"

"썩은 곳에 뛰어들어서 다 쓸어버릴 생각이야."

저런 유 선배의 생각을 알고 있는 검사는 이 지청에서는 아무도 없을 것이다. 원래 자기 이야기를 잘 안 하는 선배니까.

"그러셨군요."

"그래서 나는 올 인이다."

이건 다시 말해 내가 우 실장과 나머지 범죄자들에게 풀 배팅을 안 해도 된다는 의미다. 이렇게 되면 우 실장은 더 크게 형을 받을 가능성이 있다. 법의 집행도 결국 사람이 하는 일이고, 검사가 최대한으로 구형하면 아무리 판사라고 해도 쉽게 형량을 줄이지 못한다.

"잘 부탁드립니다."

"고맙다, 밥상을 차려줘서."

"그 결심, 언제 하셨습니까?"

"네가 좌천되었다고 들었을 때."

검찰청은 내 좌천으로 술렁이는 것 같았다.

"하여튼 제대로 한번 해보십시오."

"네가 깔아준 멍석에 내가 이제는 제대로 국민들 보라고 칼춤 한번 춘다."

"감사합니다."

유 선배는 꽤나 야망이 큰 것 같다는 생각이 들었다.

* * *

나는 비록 좌천이 되었지만, 마동우 수사관과 오 수사관, 그리고 꽤 많은 경찰들은 우리가 같이 올린 공적 때문에 표창을 수여 받았고, 일부 하급 경찰들은 특진의 영광도 누렸다.

물론 배가 아픈 것은 없다.

"검찰 수사관 마동우, 1계급 승진과 검찰총장 표창을 수여함."

검찰총장이 마동우 수사관에게 표창창과 휘장을 달아줬다. 사실 군대로 따진다면 태극무공훈장을 수여 받을 만큼 엄청난 성과를 거뒀다. 칠승파 계파 보스를 잡았고, 엄청난 불법 조직을 뿌리째 뽑았으니까.

"예, 가, 감사합니다. 흑흑흑!

마동우 수사관은 눈물을 흘렸다. 저 눈물은 감격의 눈물이 아니라 속죄의 눈물일 것이다. 그리고 또 나에 대한 고마움을 표현하는 눈물일 것이다.

"뒤로 돌아!"

사회자의 말에 수상자들이 뒤로 돌아 참석한 사람들을 봤다.

"경례!"

"충성!"

경찰들과 조사관들이 경례를 했다. 하여튼 그렇게 마 수사관은 1계급 승진을 했다. 그리고 오 수사관도.

"동철아!"

조명득이 나를 불렀다.

"왜?"

"와 그랬노?"

"뭐가?"

"그라도……."

왜 마 수사관의 부정을 숨겨줬냐고 묻는 것이다.

"지퍼 쫙!"

"그건 알지."

"…목숨을 빚졌다."

"뭐?"

"내 대신에 칼 받았다. 마 수사관 아니었으면 내가 국립묘지에 갈 뻔했다."

내 말에 조명득이 놀라 나를 봤다가 여전히 울고 있는 마 수사관을 봤다.

"저분 덩치에 안 맞게 계속 우네."

"속죄의 눈물이겠지."

기분이 묘했다.

이런 것을 보고 자력갱생이라고 할 것이다.

그거 좋다.

자력갱생! 태어나서 처음부터 범죄자의 운명을 타고난 사람은 없을 테니까.

"동철아."

"왜?"

"내일, 은밀하게 출국한단다."

조명득의 말에 어금니가 절로 꽉 깨물어진다.

"내일?"

"그래. 그 대머리, 내일 간다."

"어디로?"

일본으로 귀국하는 방법은 여러 가지다.

부산도 있고 인천도 있다.

"혹시 몰라서 부산이란다."

시간을 벌었다. 혹시나 언론이 알고 취재를 나올지도 모른다는 생각에 부산을 택한 것이다. 사실 요즘 위안부 할머니 때문에 대일 감정이 바닥이다. 나 또한 배를 째라는 일본 정치인들 때문에 현해탄을 넘어서 배를 째주고 싶을 정도다.

"시간 벌었네."

"어떻게 할 긴데?"

"조져야지. 이 땅에서 지은 죄는 이 땅에서 갚고 간다."

어떤 면에서 이거야말로 친일 청산일 것이다.

"어떻게 할 긴데?"

"준비하라는 것만 준비하면 돼."

"위치 추적 장치는 달아놨다."

드디어 청명회가 그 힘을 발휘하는 것 같다.

"좋았어."

나도 모르게 어금니가 깨물어졌다.

협정 때문에 법으로 안 된다면 나는 주먹이다.

'그 변태 대머리, 죽고 싶을 마음이 들게 만들어준다.'

결단이 서는 순간이다. 만약 그 대머리가 인천국제공항을 이용해 출국했다면 기회가 없었을 것이다. 그렇게 했다면 나는 휴가를 내서 일본까지 가려고 마음먹었다. 그런데 이 땅에서 처벌할 수 있을 기회가 생겼다. 그러니 그 기회를 놓칠 수 없었다.

"이 땅에서 지은 죄, 이 땅에서 뼈저리게 갚게 만든다."

바드득!

내 눈에 살기가 감돌자 조명득의 눈에도 살기가 감돌았다.

*　　　　*　　　　*

일본 대사관 앞.

"쯧쯧쯧!"

일본 대사가 고개를 푹 숙이고 있는 대머리를 보고 혀를 찼다.

"귀국하면 엄청난 처벌을 받을 겁니다."

"죄송합니다."

"꼴도 보기 싫소."

"…죄송합니다."

"귀국까지 피의자 신분으로 본국 형사들이 동행할 겁니다."

"예, 면목이 없습니다."

"한국 사람들이 우리 일본 사람들을 뭐라고 보겠습니까? 겨우 언론을 통제했지만, 여전히 위안부 때문에 머리가 아픈데 당신까지 이러면 곤란하잖아."

"죄송합니다."

"가세요."

대사의 말에 변태 대머리가 고개를 숙여 묵례를 하고 돌아섰다.

"정말 강력하게 처벌하는 겁니까?"

가만히 듣고 있던 부대사가 대사에게 물었다.

"강력하게 처벌하면 난리가 안 날 것 같소?"

"그 말씀은?"

"저 오타쿠 같은 놈이 밉고 역겨워도 흘려보낼 것은 흘려보내야 합니다."

일본 대사의 말에 부대사가 인상을 찡그렸다.

"한국 정부가 가만히 있겠습니까?"

"냄비 아세요? 한국에서는 냄비라고 하던데. 조센징의 근성은 냄비죠. 빨리 달궈지는 만큼 빠르게 식고."

일본 대사가 묘한 미소를 보였다.

*   *   *

대사실 밖 복도에서 두 명의 일본 사복 경찰이 변태 대머리를 기다리고 있고, 변태 대머리가 손을 내밀었다.

마치 수갑을 채울 것을 알고 있다는 표정이다.

"됐습니다. 문제 일으키지 말고 조용히 갑시다."

역시 이런 거다. 일본 사복 경찰은 변태 대머리를 범죄자 취급하지 않았다. 그냥 헛지랄을 하다가 실수했다는 정도로 보는 것 같다. 이 자체가 미친 것이다. 만약 이 변태 대머리가 자국민 청소년에게 그런 몹쓸 짓을 했다면 분명 대우는 달라졌을 것이다.

"…죄송합니다."

"조용히 갑시다."

"인천인가요?"

바로 인천으로 가면 일본에 빠르게 도착할 것이고, 그럼 구치소로 직행할 거라는 생각에 겁을 먹고 물었다.

"부산공항으로 이동할 겁니다."

"예……."

놀라운 것은 변태 대머리도 모르는 것을 조명득이 알고 있다는 것이다.

이건 다시 말해 조명득이 뭔가를 만들어냈다는 의미이다.

"갑시다."

그렇게 두 일본 사복 경찰이 변태 대머리와 함께 자연스럽게 걸어 대사관 건물에서 나왔다.

─일본은 반성하라!

─위안부 할머니에게 사죄하라!

─속죄하라! 속죄하라!

연일 시위는 계속됐다. 하지만 일본 대사관 직원들은 이제 적응이 됐는지 별 반응이 없었다. 하지만 이런 광경을 처음 본 일본 경찰 둘은 짜증스러운 표정을 지었다.

─추악한 일본은 속죄해라.

"쯧쯧쯧! 몇 년이나 지난 일인데 아직도 저러는지 모르겠군."
"그렇습니다, 선배님."
"과거를 잡고 있으니 미래로 못 나가지. 쯧쯧쯧!"
맞는 말이다. 과거를 잡고 있으니 미래로 나갈 수 없다.
하지만 그 과거를 잡고 또 막고 있는 주체가 대한민국이 아니
라 일본이라는 것을 저들은 모르고 있었다. 그리고 또 과거를
잊은 민족에게 미래는 없다는 것을 일본인들은 모르고 있었다.
물론 그런 우익 성향의 일본인은 극소수이기는 하지만 말이다.
"내가 이래서 자민당을 찍는 거야."
"저도 그렇습니다."
"갑시다."
그렇게 변태 대머리는 자동차에 탔고, 자동차에는 조명득이 미
리 위치 추적 장치를 부착해 놓았다. 그리고 그 차가 대사관 정
문을 통과할 때, 또 한 대의 자동차가 뒤를 조심스럽게 따랐다.

*   *   *

"저 차다."
나와 조명득은 은밀하게 거리를 두고 변태 대머리가 탄 차를
미행하고 있었다.

"휴게실에는 준비를 다 해놨지?"

"하모! 어떻게든 먹겠지."

"먹기만 하면?"

나는 조명득을 봤다.

"졸리지."

조명득의 눈동자가 반짝였다.

"그건 안 돼. 두 명은 죄가 없다."

"…알았다. 하지만 나는 일본 놈은 다 나쁜 놈들이라고 생각한다."

"하여튼 내 계획 그대로 해야 해. 복수는 누구한테 복수를 당하는지 정확하게 알아야 복수가 되는 거다."

"애가 이해할까?"

저 변태 대머리의 복수의 주체는 나도 조명득도 아니다.

저 변태 대머리에게 몹쓸 짓을 당한 그 아이다.

열다섯 살 오수정!

"…열다섯 살 여자아이와 열다섯 살 남자아이는 다르다."

내가 처음 오수정을 만났을 때 느낀 것이다. 그리고 그날의 충격에서 벗어나지 못하고 있었다. 그 아이는 자신을 겁탈하려 한 대머리를 죽여 버리고 싶다고 했다.

그러니 기회를 만들어줄 참이다. 그리고 나는 그런 오수정의 도구가 되어줄 것이다.

"그런데 동철이, 니 계획대로 하면 그건 죽는 것보다 더한 응징이다."

조명득이 인상을 찡그렸다.

"기대해도 좋아."

*   *   *

부우웅~ 부우웅~ 붕붕! 붕붕.

"이걸 다 어디다 쓰시려고?"

양봉업자가 돈을 받으며 궁금한 표정으로 물었다.

"시골에서 양봉이나 해보려고요."

중년의 남자가 말했다.

하지만 양봉업자는 중년의 남자가 거짓말을 하고 있다는 생각이 들었다. 원래 양봉은 이렇게 반쯤 꿀이 찬 벌통을 이용하지 않는다. 그리고 벌통의 가격도 꿀이 다 찼을 때의 금액보다 많았다. 물론 양봉업자야 꿀을 따서 짜는 것까지의 모든 수고를 다 덜어서 좋기는 하지만 말이다.

"아, 그러세요."

"저 두 대의 트럭에 나눠서 실어주세요."

남자가 차분하게 말했다.

"예, 알겠습니다."

"조심해. 터지면 끝이다."

고속도로에서 차를 몰고 있는 남자가 바짝 긴장한 표정으로 말했다.

"예, 알고 있습니다. 이거 터지면 난리가 나는 거죠."

"트렁크에 넣어뒀지만 터지면 난리가 난다."

"그래도 연기에 취해서 괜찮을 겁니다."

"그래도 독한 놈이야."

"예. 그런데 이걸 하루 만에 이렇게 많이 구할 수 있다는 것이 놀랍네요."

젊은 남자가 혀를 내두르며 말했다.

"돈이 좋은 거지."

"예. 그런데 이걸 어디다 쓰려고 그러는 건지 모르겠습니다."

"많은 걸 알려고 하지 마. 우리는 지시 받은 일만 하면 된다."

"그건 알고 있죠."

청명회가 움직이기 시작했다. 그리고 청명회는 마치 아주 은밀한 범죄 조직처럼 점조직으로 움직이고 있었다. 그래서 조명득에 대한 실체도, 박동철에 대한 것도 아는 존재가 없었다.

그저 청명회는 시키는 일만 하는 존재였다. 그것이 죄인지 아닌지도 모르는 상태에서. 물론 최상위에 있는 청명회 회원들은 좀 더 많은 정보를 공유하고 있었지만, 그들 역시 박동철에 대한 존재는 모르고 있었다.

부우우웅!

고속도로를 달리는 무거운 마음이 한결 가벼워졌다.

"밀양이지?"

내가 조명득에게 물었다. 모든 세팅은 밀양에 준비했다.

"거기 꽉꽉 막힐 거다."

막혀야 한다. 그래야 움직이기 편하다.

"어디쯤이야?"

우리가 부산으로 향하는 것은 그 변태 대머리가 경부고속도로를 타고 부산으로 향하고 있기 때문이다. 그리고 평일이라 교통량은 많지 않았고, 밀양으로 접어들면 다니는 차도 적어진다.

어떤 면에서 언론에 공개되지 않기 위해, 또 혹시나 하는 마음에 일본 대사관이 인천국제공항이 아닌 부산공항을 이용하겠다는 것부터 실수라면 실수이다. 아니, 변태 대머리를 끝까지 추격하고 노리는 존재가 있다는 것 자체를 생각하지 않은 것부터 실수라면 실수다.

"대머리는 막 청도 지났다."

"좋았어."

미행이라는 것이 뒤를 따라가면 걸릴 수 있었다.

변태 대머리를 연행해 가는 사람들은 일본 경시청 형사들이니까 따라만 가면 안 된다. 그리고 우리는 급하게 달려 추월하여 밀양 인근까지 왔다.

"이제 정체되네."

조금씩 차가 막히고 있었다. 막힐 곳이 아닌데 말이다.

"막혀야지. 시작했으니까."

*　　　　*　　　　*

밀양 인근 고속도로.

"저기서 사고가 나니까 저렇게 막힌 거네."

전방에는 거대한 탱크로리 한 대가 쓰러져 도로 전체를 막고 있었다. 탱크로리의 크기가 큰 만큼 교통 정체가 심했다.

저렇게 탱크로리를 고의적으로 쓰러뜨린 사람은 다름 아닌 조명득이었다.

사이코이니까, 또 조명득이니까 저런 일을 행동에 옮길 수 있었다. 그리고 그 행동은 모두 박동철의 머리에서 나왔다.

"아, 미치겠네. 어떻게 저렇게 쓰러질 수 있지?"

"꽉꽉 막히네, 답답하게."

차 한 대가 겨우 지나갈까 말까 할 정도로 길이 열려 있다. 대형 크레인이 도착하기 전까지는 이 교통 정체가 뚫릴 것 같지 않았다.

"아 참, 미치겠네."

운전자들은 마냥 기다릴 수밖에 없었다.

*　　　　　*　　　　　*

밀양 인근 고속도로 갓길.

나와 조명득은 차를 세우고 변태 대머리가 탄 차의 위치를 확인하고 있었다.

"여기까지 20분 정도 걸리겠네."

그리고 쓰러진 거대 탱크로리와 나와의 거리는 20킬로미터 정도이고, 벌써 사고 때문에 거기까지 막히기 시작했다.

"첫 작전은 성공한 거네."

나는 살짝 인상을 찡그렸다.

"꽉꽉 막히니까."

"두 번째는?"

"여기서 5킬로미터 앞에 있다."

이번 작전에서는 두 번째 작전이 핵심이다.

아마 작전이 성공한다면 난리법석이 날 것이다. 한편으로는 고속도로를 이용하는 모든 운전자에게 미안한 일이지만 크게 문제될 것은 없을 것이다.

"시비조?"

"여섯 대 준비됐다."

조명득이 내게 말했다.

"현 시간부로 작전 개시! 우린 변태 대머리만 있으면 된다."

"오케바리! 작전 개시!"

조명득이 고성능 무전기에 대고 작전 개시 명령을 내렸다.

지지직~ 지지직~

ㅡ작전 개시!

ㅡ작전 개시!

이번 작전이야말로 청명회가 하는 첫 작전이다. 80억 이상이 투입된 청명회다. 그리고 그 80억이 가치가 있는지 시험하는 시험대이기도 하다.

"빼돌리고 나면?"

"따로 준비한 것이 있지."

"그런데 정말 되겠나?"

"되게 해야지."

ㅡ목표물 접근 중!

조명득의 무전기에서 무전 음이 들렸다.

"시비 1조 투입!"

―시비 1조 투입하겠습니다.

무전기에서 투입하겠다는 무전 음이 들렸다.

*　　　　*　　　　*

부우우웅~ 부우우웅~

고속도로이기에 운전을 하는 일본 형사도 과속하고 있었다.

에에엥~ 에에엥~

그때 사이렌 소리가 크게 울렸다.

―백색 도요타, 갓길로!

―백색 도요타, 갓길로!

1차 시비조가 투입이 됐다. 놀라운 것은 1차 시비조가 교통경찰이라는 것이다.

"뭐야?"

―백색 도요타, 갓길로!

교통경찰의 지시에 변태 대머리가 탄 백색 도요타 차량이 갓길에 서면서 연행 중인 변태 대머리에게 일본 경찰관이 말했다.

"당신이 말해."

한국어를 못하기에 대사관 출신인 변태 대머리에게 말했다.

"예."

지이잉!

자동차의 창문이 열렸다.

"무슨 일이시무니까?"

변태 대머리는 최대한 일본 사람이라는 것을 들키지 않겠다고 생각하면서 말했지만 발음이 정확하지 않았다.

"일본인이세요?"

도요타 차량에 접근한 경찰 두 명 중 한 명이 물었고, 다른 한 명은 차 번호판을 적겠다는 듯 차의 뒤쪽으로 가서 살짝 차에 몸을 기댔다.

"그렇스무니다."

"과속하셨네요. 신분증 주세요."

"예."

변태 대머리가 운전하고 있는 일본 형사를 봤다.

"대사관 직원이라고 해."

일본 형사가 짧게 변태 대머리에게 일본어로 말했다.

"저희는 일본 대사관 직원입니다."

또 치외법권이다.

"그래서요?"

"대사관 직원들은 치외법권이라서 조사 및 처벌을 안 받스무니다."

"아, 그런가요? 잠깐만 기다리십시오."

경찰은 마치 연락을 해보겠다는 투로 무전기를 켜고 힐끗 일본대머리를 봤다.

"일본 대사관 직원이 과속했는데 어떻게 합니까? 치외법권이라는데."

물론 이 무전 내용은 조명득에게 전해지는 것이다.

─주의 주고 통과시켜. 목표는?

"잘된 것 같습니다."

변태 대머리와 이야기를 하던 경찰이 뒤를 돌아 뒤쪽에서 차에 바짝 붙어 있는 경찰을 봤다.

놀라운 것은 뒤에 있는 경찰이 주머니에서 짧고 날카로운 송곳을 꺼내 뒷바퀴를 꾹 찌르고 있었다.

당장 바람이 빠지지는 않겠지만, 몇 킬로미터만 더 가면 한쪽 타이어의 바람이 빠져 오도 가도 못할 것이다.

"차 번호 적었습니다."

뒤에 있던 경찰이 말했다.

차 번호.

이건 약속된 단어였다.

차 번호를 적었다는 것은 다시 말해 타이어를 송곳으로 찔렀다는 의미였다.

"잘했어."

교통경찰이 그렇게 말하고 변태 대머리를 봤다.

"맞는 말씀이시라고 하네요. 이 범칙금은 일본 대사관에 보내겠습니다."

"그렇게 하세요. 이젠 가도 됩니까?"

"예. 앞에 교통사고가 나서 막합니다. 막힌다는 말이 무슨 말씀인지는 아시죠?"

교통경찰이 살짝 웃으며 말했다.

"예, 압니다. 알고말고요."

"급하게 가셔도 막히니까 천천히 가세요."

"그러죠."

그렇게 1차 시비조가 작전을 성공시켰다.

부르르응~ 부르릉~

그렇게 변태 대머리를 태운 도요타 자동차는 출발했고, 두 교통경찰은 떠난 차를 보며 미소를 보였다.

"작전 성공!"

2차 작전이 성공한 것이다.

*　　　　*　　　　*

도요타 자동차 안.

도요타 자동차가 한참 달리고 있었다. 교통경찰이 알려준 그대로 고속도로는 천천히 막히고 있었다.

"…좀 이상하네."

운전을 하는 일본 경찰이 고개를 갸우뚱거렸다.

"왜 그러십니까, 선배님?"

"자동차 뒷바퀴 공기압이 좀 빠진 것 같아서. 기분 때문인가?"

"펑크가 난 것이 아닐까요?"

"펑크?"

"예, 조센징들이 고속도로 관리를 엉망으로 하는 것 같습니다. 못이라도 하나 박혔을지도 모르겠습니다."

"그렇지. 조센징이 하는 일이 다 그렇지."

두 일본 경찰도 철저하게 대한민국을 무시하는 말투로 대화를 이어갔다.

그렇게 점점 타이어의 바람은 빠지고 있었다.

"정말 펑크가 난 것 같은데. 핸들링이 뻑뻑해."

아마 교통 정체 때문에 천천히 달리고 있지 않았다면 사고가 났을지도 모른다. 사실 박동철이 그냥 일본 경찰까지 다 죽이겠다고 결심했다면 교통 정체를 만들지 않았을 것이다.

하지만 이 땅에서 죄 지은 자, 이 땅에서 처벌하겠다는 결심을 했고, 박동철의 타깃은 오직 변태 대머리였다.

그리고 그가 일본에 가서 강력한 처벌을 받을 것이라는 것도 의문이었다.

섬나라 근성으로 자신들이 잘못한 것은 철저하게 숨기려는 못된 특성이 있으니까.

"펑크가 나도 괜찮아. 도요타야! 펑크가 나도 50킬로는 이상 없이 간다."

일본 경찰이 자부심 넘치는 목소리로 말했다.

"그렇죠, 선배님. 자동차 하면 도요타 아니겠습니까. 하하하!"

"그건 그렇고, 왜 그랬소?"

백미러를 보며 선배 경찰이 변태 대머리에게 물었다.

"그, 그게……."

"우리끼리니까 솔직하게 말해봐요. 증거에 반영 안 할 테니까."

그 말에 변태 대머리의 눈동자가 반짝였다.

"정말입니까?"

"정말이죠. 말해봐요."

"이 반도는 돈만 있으면 뭐든 다 할 수 있죠. 킥킥킥."

증거에 채택하지 않겠다는 말에 변태 대머리가 아무런 표정 변화도 없이 말했다.

"그건 반도뿐만 아니라 본토도 그런 거고."

"그렇기는 하죠. 사실 욱한 마음에 그런 것도 있습니다."

"욱? 그게 무슨 뜻이지?"

"화가 났다는 한국식 표현이죠."

"뭐에 화가 났는데?"

"아침마다 대사관 앞에서 있지도 않은 일에 대해서 반성하고 사죄하라고 하지 않습니까? 일본군이 위안부 강제 동원 했다는 사실이 공식적으로 밝혀진 것이 없는데 자꾸 사죄해라. 이러는 것이 화가 나서……."

공식적으로 밝혀진 것이 없다.

얼마만큼 더 밝혀내야 공식적으로 밝혀졌다고 할지 의문스러운 순간이다.

"그래서 반발심에?"

"취미도……."

"혹시 일본에서도 그랬나?"

경찰의 눈빛이 차갑게 변했다.

"일본에서는 그런 적 없습니다. 그 정도로 변태 아닙니다. 내가 거기서 납치를 한 것도 아니고 정확하게 돈을 지불했습니다. 돈을 주니까 아무 반항도 하지 않고 가만히 있었다고요. 따지고 보면 저는 억울합니다."

추악한 일본인?

옛날 엔고 때문에 일본인들이 국내 여행이 아닌 외국 여행으로 여행지를 바꾸고 또 동남아와 한국으로 여행 와서 추악한 짓을 많이 했다.

한국에는 기생관광을, 또 동남아에서는 아동 성매매를 자행했다.

물론 지금은 추악한 일본인에서 추악한 한국인, 그리고 통제 안 되는 중국인으로 변했지만 말이다.

"없다는 거지?"

"확실히 없습니다."

그와 동시에 사납던 눈빛이 다시 변했다.

"귀국해서 조사해 보면 알겠지. 하여튼 걸린 것이 잘못이지."

두 경찰도 변태 대머리를 동정하듯 말했다. 사실 모든 일본인이 이렇지는 않을 것이다.

특이한 케이스일 것이다.

그리고 지금 변태 대머리를 연행하고 있는 두 경찰이 혐한적인 성향이 있기 때문인 것 같다.

많은 일본인이 과거의 잘못을 사죄하고 진실성 있는 사과를 자신들의 정부에 촉구하고 있다.

꼭 이렇게 미꾸라지 같은 놈들이 모든 일본인을 욕 먹인다.

그건 어느 나라든 마찬가지일 것이다.

"경찰이 말한 것처럼 슬슬 막히네."

"천천히 가시죠."

"혹시나 해서 말하는데, 도주할 생각이라면 포기하는 것이 좋소."

경찰이 혹시나 하는 마음에 말했다.

"예, 그럴 일 없습니다. 저도 한국이 지긋지긋합니다. 휴우……."

물론 일본으로 송환된다고 해서 반갑게 맞이해 줄 분위기도 아닌 것은 확실했다.

$*$ $*$ $*$

트럭 한 대가 밀양 인근의 야산에 벌통을 놓고 있었다.

"여기다가 놓으면 되는 거지?"

"여기라고 했습니다."

"무슨 일을 하는지 모르겠다."

하여튼 그렇게 세 명의 남자가 양봉장에서 구입한 벌통을 조심스럽게 놨다.

마치 처음부터 이곳에서 양봉을 하는 것처럼 보이려는 것 같다.

"그러게 말입니다."

"우리는 시키는 일만 잘하면 돼."

"그렇죠. 그런데 이 일하기 전에 뭐 했어요?"

저 둘은 노숙자 출신이다.

그리고 청명회 최말단 회원이기도 했다.94

"묻지도 따지지도 않아야 한다는 거 모르나?"

중년의 남자가 자신이 노숙자가 되기 전에 무엇을 했는지 물은 남자에게 말했다.

"그러네. 히히히!"

"10년 만에 월급이라는 거 받고 일할 수 있는 거면 되는 거지."

"그렇죠. 대충 된 것 같은데 갑시다."

"그러자고."

그렇게 밀양 인근 야산에 벌통을 가지런히 놓은 남자 둘이 트럭을 타고 사라졌다.

부웅! 부우웅!

트럭이 떠나자 그제야 벌통에서 벌들이 정신을 차리고 활동을 시작했다.

부우우우웅! 붕붕! 붕붕!

*   *   *

지지직! 지지직!

─목표물 접근 중! 목표물 접근 중!

조명득이 들고 있는 고성능 무전기로 무전이 날아왔다.

"접근 중이란다."

조명득이 내게 말했다.

"안전벨트 잘 착용하셨는지 확인해."

"알았다."

조명득이 씩 웃었다.

사실 이렇게 크게 판을 깐 것은 결과적으로 그 대머리변태를 납치하기 위함이다.

고등학교 때 용봉철을 납치할 때처럼 일을 처리할 수 있었으나 이미 변태 대머리의 옆에는 일본 경찰관 두 명이 붙어 있었다.

그러니 자연스럽게 납치하는 것은 불가능하기에 이런 방법을 택할 수밖에 없었다.

"납치가 아니라 도주처럼 보여야 해."

나는 혼잣말을 하듯 중얼거렸다.

"알고 있다."

조명득이 짧게 말하며 무전기 송수신 버튼을 꾹 눌렀다.

"안전벨트 다 착용했지?"

조명득이 확인하듯 말했다.

―예, 이상 없습니다.

"작전 개시!"

―예!

＊　　　　＊　　　　＊

―작전 개시!

무전기에서 조명득의 단호한 목소리가 들렸다.

벌통을 실은 트럭 운전자가 다시 한 번 안전벨트를 확인하고 고성능 무전기를 잡았다.

"예!"

그리고 천천히 접근하고 있는 도요타 차량을 사이드미러로 보며 속도를 줄이다가 자신이 탄 트럭 뒤로 붙자마자 브레이크를 잡았다.

끼이이익!

쾅!

"으윽!"

안전벨트를 착용했다고는 했지만 도요타 자동차와 충돌하니 그 충돌을 이기지 못하고 비명을 질렀고, 그와 동시에 트럭 뒤에 실려 있는 벌통이 관성의 법칙에 의해 여기저기로 떨어졌다.

부우웅! 부우웅!

사방으로 벌들이 날기 시작했다.

*　　　　*　　　　*

도요타 자동차 안.

끼이익!

빠아아앙!

앞에서 달리던 트럭이 급하게 서자 운전을 하던 일본 경찰이 본능적으로 경적을 울렸다.

"빠가야로!"

운전을 하던 일본 경찰이 욕을 하다가 급하게 브레이크를 잡았고, 뒷바퀴의 바람이 빠져 있기에 브레이크를 잡자마자 차가 돌았다.

쿠우웅!

"으악!"

"아아악!"

뒷좌석에 앉아 있던 변태 대머리와 경찰 하나가 비명을 질렀다.

"무, 무슨 일입니까?"

"저 앞에 있던 빠가야로가 브레이크를 잡잖아!"

일본 경찰이 버럭 소리를 질렀다.

쿵! 쿵! 쿠둥!

부우웅! 부우우웅!

빠아앙! 빵빵!

"뭐야, 이건?"

자동차 창문을 닫지 않은 상태라 트럭에서 떨어진 벌통에서 벌들이 튀어나와 붕붕거렸다.

"차 문 닫아!"

일본 경찰 하나가 버럭 소리를 질렀다.

"저, 저건 뭐야?"

고통사고가 나는 바람에 놀란 벌들이 날아다니는 가운데 한 대의 자동차가 사고가 난 쪽으로 빠르게 달려오다가 속도를 줄이더니 차 문을 열고 풍선 두 개를 힘껏 던졌다.

쉬웅! 퍼퍽! 퍽퍽!

그렇게 도요타 차 주변으로 달려오던 차에서 던진 풍선이 터졌고, 풍선을 던진 차는 빠르게 달려 사라졌다.

"창, 창문이 안 올라갑니다."

"이런 망할!"

붕! 붕!

벌들이 요란한 소리를 내며 도요타 차 쪽으로 몰려들었다.

그도 그럴 것이 풍선 속에 든 것은 꿀이다.

꿀이 바닥에 터졌으니 벌들이 모여드는 것은 당연한 일이다.

"왜 벌이 우리 쪽으로만 모여드는 거야?"

갑작스러운 상황에 일본 경찰들은 아무런 판단도 할 수가 없었다.

"여기 있으면 안 될 것 같습니다!"

"이런 젠장! 차에서 내려!"

도요타 자동차의 창문이 닫히지 않아서 그런지 계속 벌들이 차 안으로 들어왔다.

"아얏!"

그리고 곧 벌들은 버둥거리는 그들을 쏘기 시작했다.

"아악!"

"내려!"

그렇게 세 사람은 급하게 차에서 내렸다.

붕붕! 붕붕!

셋은 성난 벌들을 피해 갓길로 뛰었다. 몇 대의 자동차가 벌 때문에 천천히 지나갔다.

끼이익!

그때 한 대의 자동차가 차에서 내려 도로를 가로지르는 변태 대머리를 보고 급하게 브레이크를 잡았다.

"야, 미쳤어?"

"스, 스미마셍!"

변태 대머리는 다급한 마음에 '스미마셍'을 연발했다.

"쓰미마셍!"

"씨발 놈이!"

욕설을 내뱉으며 차에서 내린 남자는 힐끗 벌들을 피해 도망치는 두 경찰을 봤다.

벌들 때문에, 또 사고 때문에 고속도로는 난리가 난 상태라 여기저기서 차가 멈추고 또 피하면서 통과하고 있어서 난잡하다고 할 정도로 복잡해졌다.

"스미마셍!"

"나는 아리가또다, 새끼야!"

퍽!

그는 바로 변태 대머리의 명치를 가격했다.

"으윽!"

변태 대머리가 바로 바닥에 쓰러졌다.

"태워!"

"으윽! 왜 이러시무니까?"

"그건 네가 더 잘 알잖아, 이 변태 대머리 새끼야!"

그렇게 강제로 변태 대머리는 봉고차에 태워졌다.

"사, 살려주무니다. 살려주무니다."

이상한 한국말로 소리쳤지만 빵빵거리는 경적과 급하게 브레이크를 잡는 소리 때문에 변태 대머리의 목소리는 두 경찰에겐 들리지 않았다.

부우웅!

그렇게 변태 대머리를 확보한 봉고차는 유유히 사고가 나서 난장판이 된 도로를 통과해서 사라졌고, 봉고차에 강제로 태워진 변태 대머리는 살려달라고 발광했지만 그때마다 모진 구타를 당해야 했다.

"조용히 있어, 이 개새끼야!"

퍼퍼퍽!

"으악! 사, 살려주무니다."

"정말 짜증이네. 아얏!"

몇 만 마리의 벌이 날아다니는 모습이 두렵기까지 한 상황이다. 그렇게 정신없이 갓길로 둘은 뛰었다. 그리고 어느 정도 벌들을 피했다는 생각이 든 일본 경찰이 주변을 살폈다.

"…이 새끼 어디 있어?"

순간 두 일본 경찰은 멍해졌다.

"도주한 것 같습니다."

"이 병신 새끼가!"

"이제 어떻게 합니까?"

빵! 빵!

"시발 새끼야! 차 안 빼?"

아무것도 모르는 운전자들이 경적을 울리며 난리를 피웠다.

"찾아! 반드시 찾아야 해."

하지만 두 일본 경찰은 변태 대머리를 결코 쉽게 찾을 수 없을 것 같았다.

정말 이런 일은 박동철과 사이코 조명득이 아니라면 누구도 생각할 수 없고, 그 생각을 행동에 옮길 수도 없는 일이었다.

*　　　　　*　　　　　*

끼이익!

급하게 내가 탄 자동차가 섰고, 이미 내가 선 곳에서는 한 대의 자동차가 나와 조명득을 기다리고 있었다.

"받아 와."

"내가 니 시다바리가?"

말은 그렇게 했지만 조명득은 이미 차에서 내린 상태였고, 내게 짧게 말하고 기다리고 있는 자동차로 걸어가고 있었다.

자동차에서 남자 둘이 내려서 조명득에게 묵례를 했다.

"그건?"

"조심하셔야 합니다. 잔뜩 독이 오른 것 같습니다."

"알았어요."

"트렁크에 있습니다."

남자 하나가 트렁크 쪽으로 가서 묵직한 두 개의 비닐 봉투를 가지고 왔는데 비닐 봉투 안에는 검은색 벌레가 가득 들어 있었다.

"터지면 작살이겠네."

"그렇습니다."

"수고했습니다. 가세요."

그렇게 자동차에서 내린 남자는 조명득에게 뭔가를 전달하고 사라졌다.

야산.

이곳은 미리 설치해 놓은 벌통에서 50미터 정도 떨어진 곳이다.

그리고 정신을 잃은 변태 대머리가 쓰러져 있었다.

툭툭! 툭툭!

나는 구둣발로 변태 대머리의 머리를 찼다.

"으윽!"

변태 대머리가 신음 소리를 토해내며 깨어나더니 가면을 쓰고 있는 나와 조명득을 보며 화들짝 놀라 뒷걸음질을 쳤다.

퍼어억!

나는 바로 놈의 가슴이 축구공이라도 되는 듯 강하게 찼다.

"으악!"

변태 대머리가 고통에 겨워 비명을 질렀다.

"누, 누구시무니까? 왜, 왜 이러시무니까?"

잔뜩 겁에 질린 변태 대머리가 소리쳤고, 그 모습에 나도 모르게 어금니를 꽉 깨무는데 저 망할 놈에게 몹쓸 짓을 당한 소녀가 한 말이 환청처럼 떠올랐다.

죽여주세요.

다시 한 번 어금니를 깨물었다.

"제, 제발 살려주십시오. 저, 저한테 왜 이러시무니까?"

"그 소녀에게 왜 그랬지?"

"무, 무슨 소리시무니까?"

"음란 화상 채팅 사무실."

내가 차갑게 말하자 변태 대머리의 눈동자가 파르르 떨렸다.

"너, 너는 누구야?"

"법을 집행하는 자."

"넌……!"

이제야 내 목소리가 기억나는 모양이다.

"나는 외교관이야! 일본 대사관 직원이라고!"

놈이 미친 듯이 소리쳤다.

"알아. 치외법권이 적용된다는 것을."

"그런데 왜 나한테 이러는 거야?"

"나 역시 치외법권이거든."

"이, 이 미친 빠가야로!"

놈이 내게 소리쳤다.

퍼억!

나는 다시 놈을 발로 강하게 찼다.

"으악! 살, 살려주십시오. 제, 제발……."

미친 듯 욕을 하다가 다시 모진 구타에 두려웠는지 살려달라고 애원했다. 그리고 그때의 소녀의 절규가 환청처럼 계속해서 내 머릿속에서 맴돌고 있었다.

"그 아이가 살려달라고 할 때는 어떻게 했지?"

"나는 돈을 지불했스무니다! 돈을 냈단 말이무니다! 나는 죄가 없으무니다! 나는 일본 대사관 직원이무니다! 나를 처벌할 수 없스무니다!"

변태 대머리가 발악하듯 소리쳤다.

"그래서 이러는 거잖아."

나는 손에 들고 있는 튜브 식으로 포장된 꿀을 변태 대머리의 머리에 짰다.

쭈우욱!

"왜 이러는 겁니까?"

"너, 원래 이런 거 좋아하잖아."

"사, 살려주십시오."

이해가 안 될 것이다. 자신의 몸에 왜 이렇게 많은 꿀을 바르는지 놈은 모를 것이다.

"나는 너를 죽일 수 없지. 네놈은 그 지랄 같은 치외법권이니까."

"그, 그런데 왜 이러무니까?"

"이 땅에서 지은 죄는 이 땅에서 갚고 가라."

"사, 살려주십시오. 흑흑흑!"

이제 놈은 울기까지 했다. 하지만 나는 범죄자의 눈물을 믿지 않았다. 그리고 변태의 눈물은 더욱 믿을 수 없었다.

처참하게 몹쓸 짓을 당한 그 소녀의 눈물만 믿을 참이다.

"구형하겠습니다."

나는 순간 변태 대머리에게 존댓말을 사용했다.

이곳은 나만의 법정이다.

대한민국의 법으로 처벌할 수 없는 저놈을 처벌하는 응징의 법정이다.

검사 박동철!

변호사 박동철!

판사 박동철!

"뭔, 뭔 소리를 하는 거야!"

변태 대머리가 버럭 소리를 질렀다.

"아동 성폭행으로 사형을 구형하고 형을 집행함."

내가 무거운 목소리로 구형하자 놈의 표정이 굳었다.

그리고 나는 놈의 굳은 표정을 보고 바닥에 내려놓은 플라스

틱 벌꿀 통의 뚜껑을 따서 놈의 몸에 부었다.

주우욱!

"으으윽! 왜, 왜 이러는 겁니까?"

변태 대머리가 발버둥을 쳤다.

"이 미친 새끼야! 나한테 왜, 왜 이래?"

꿀로 엉망진창이 된 변태 대머리가 발악하듯 소리쳤다.

"나를 어떻게 죽이겠다는 거야? 나를 죽이면 외교적으로 어떤 일이 일어나는지 알아?"

"그건 벌들한테나 따지고."

나는 나머지 꿀 한 통도 놈에게 부었다.

"미치겠네! 이러지 마!"

그때 조명득이 두 자루의 비닐 봉투를 가지고 왔다.

붕붕! 붕붕!

비닐봉지를 뜯지도 않았는데 벌써부터 벌들이 요동치는 소리가 들리는 것 같았다.

"여기!"

조명득이 스프레이를 내게 건넸다.

이건 말벌의 접근을 막는 스프레이다. 물론 나는 두껍게 옷을 입고 추가로 벌들이 공격하지 못하게 양봉업자들이 작업할 때 입는 옷도 입고 있었다.

치이익! 스으으윽!

나는 바로 조명득이 건넨 벌레 퇴치 스프레이를 온몸에 뿌렸다.

"사, 살려줘!"

변태 대머리가 도망치려고 버둥거렸다.

퍼어어억!

나는 다시 놈의 머리를 발로 강하게 찼다.

"으윽! 살… 살… 나는 죄… 죄 없어! 여기서 죽을 수 없어!"

변태 대머리도 죽음이라는 단어를 떠올리는 것 같았다.

"형을 집행합니다."

사적 제재.

이 역시 범죄다.

손에 든 두 개의 봉투가 떨린다. 내가 떨고 있는 것이다.

죽여주세요.

다시 한 번 소녀의 절규 어린 목소리가 내 귀에 들렸다.

'법보다 주먹이다.'

나는 어금니를 꽉 깨물었다.

쫘아악!

그리고 들고 있던 비닐 봉투를 찢었다.

부웅! 붕붕! 부우웅!

그 순간 수백, 아니, 수천 마리가 넘는 토종 말벌들이 바닥에 떨어짐과 동시에 변태 대머리에게 달려들었다.

내 주위를 맴돌던 토종 말벌들 역시 꿀 냄새를 맡고 변태 대머리를 향해 날아가 변태 대머리를 공격했다.

그 모습을 보며 나는 온몸을 떨었다. 그리고 내가 이렇게 무서운 괴물로 변하고 있다는 것을 느끼며 지켜봤다.

지켜볼 것이다. 아니, 지켜봐야만 한다.

놈이 죽는 그 순간까지.

"아아악! 으악! 아악!"

만신창이가 된 놈은 급하게 일어나 도망치려다가 벌에 쏘여 다시 쓰러졌다.

온몸을 버둥거리고 있다. 그 모습이 내 눈에 보인다.

그리고 그 모습 옆에 드리워진 내 그림자도 보인다.

'으음……'

내 그림자를 보고 나도 모르게 신음 소리를 토해냈다.

나뭇가지 때문인지 그림자의 머리 부분에 두 개의 뿔이 달려 있는 것처럼 보였다.

'나는… 악마인가?'

문득 그런 생각이 들었다.

하지만 나는 악을 집행하는 악마가 되기로 결심했다.

법으로 안 된다면 그 어떤 수단을 이용해서라도 집행할 것이다. 내 스스로 죄를 쌓고 악마가 되어서 지옥으로 떨어진다고 해도 말이다.

"사… 아악! 아악! 으으으윽!"

토종 말벌에 쏘여 비명을 지르던 변태 대머리의 움직임이 멈췄다. 하지만 말벌들은 여전히 놈을 향해 달려들어 공격했다.

말벌의 독은 무섭다.

치명적인 급소에 한 방만 쏘여도 죽을 수 있었다.

그런데 놈은 수십 번, 아니, 그 이상으로 쏘였다.

살아나려고 해도 살아날 수 없을 것이다.

그리고 어느 순간 말벌의 독에 의해 몸이 부풀어 오르기 시작했다. 이제는 얼굴의 윤곽도 사라진 것 같다. 마치 예전 성형 중독 때문에 자신의 얼굴에 콩기름을 주사한 그 가여운 선풍기 아줌마처럼 변했다.

"동, 동철아!"

사이코패스인 조명득이 떨리는 목소리로 나를 불렀다. 조명득도 내 모습에 겁을 먹은 것 같다.

"왜?"

"…죽은 것 같다."

"죽어야지."

나는 차갑게 말했다. 내 말에 조명득이 아직도 성나 있는 말벌들을 피해 죽은 변태 대머리에게 다가가 놈의 상태를 확인했다.

"…죽었다."

"가자!"

나는 짧게 말하고 돌아섰다.

악이라도 좋다.

악마가 되어도 좋다.

이 세상에 형편없는 법으로 처벌 받지 않는 범죄자들이 있다면 내가 그들의 앞에 악마가 되어 설 것이다.

"…괜찮나?"

자동차에 탄 나를 보고 조명득이 물었다.

"뭐가?"

"니 말이다. 괜찮나?"

두 번째 살인이다. 그리고 직접적인 살인이기도 했다.

따지고 본다면 용봉철은 내가 죽인 것이 아니라 죽게 만든 것이니까.

하지만 이번 일은 내가 직접 살인을 한 것이다.

"…범죄자에게 인권은 없다. 가자!"

"알았다."

내 기분을 의식해서인지 조명득도 더는 말하지 않고 출발했다.

부우웅!

"창문 좀 열게."

내 마음이 답답할 거라고 생각했는지 조명득이 차의 창문을 열었고, 사이드미러에 내 얼굴이 보였다.

97—3

악의 수치가 더 올라갔다. 저 선악의 저울에서 나타나는 악의 수치가 100이 되었을 때, 내가 어떤 존재로 변할지는 나도 모르겠다.

부우웅! 부우웅!

"기분도 꿀꿀한데 좀 달리자."

조명득은 그렇게 말하고 액셀을 밟았다.

*   *   *

구치소 특별 면회실.

죄수복을 입고 있는 우 실장은 인상을 찡그리며 담배를 물고 있고, 변호사를 대동해서 온 그의 부하는 차분히 우 실장을 보고 있다.

"이창명이는?"

"재판 중입니다."

"어디로 가든지 나랑 같은 공기 마시지 못하게 해라."

"형님!"

우 실장의 부하가 변호사를 보며 살짝 인상을 찡그리고 우 실장을 불렀다.

"왜?"

"…후배들이 거의 다 검거됐습니다."

박동철의 활약으로 칠승파의 한 축이 무너졌다.

"그래서? 그래서!"

쫙!

우 실장이 바로 부하의 뺨을 때렸고, 변호사는 인상을 찡그렸다가 못 본 척 고개를 돌렸다.

"…죄송합니다."

"내가 무기징역을 안 받는 이상 끝난 것이 아니다."

"예, 알고 있습니다, 형님!"

"이창명이 그 새끼부터 죽여라! 수단과 방법을 가리지 말고!"

"예, 알겠습니다, 형님!"

"변호사 양반!"

"예."

우 실장이 변호사를 불렀다.

"내 몇 바퀴나 돌 것 같소?"

"최대한 감형되도록 노력하겠습니다."

"그런데 고문변호사는 안 왔네?"

칠승파의 일을 따로 보는 변호사가 있었다.

정확하게 말하면 동방건설의 변호사다.

"접견만 요청하셔서 제가 왔습니다."

한마디로 오늘 우 실장을 찾아온 변호사는 집사변호사 정도였다.

"그리고 사건을 축소시킬 방법을 찾고 있으십니다."

"알았소."

우 실장은 그렇게 말하고 부하를 봤다.

"무조건 죽여라!"

"예, 형님!"

이건 이창명에게 위기라면 위기일 것이다.

칠승파 최대 계파의 보스인 우 실장이 부하들에게 살인 지령을 내린 것이니까.

"망할 새끼 때문에 내가 이 꼴이 됐다."

"그리고 형님……."

우 실장의 부하가 우 실장의 눈치를 보며 말꼬리를 흐렸다.

"뭔데?"

"…최문탁이 서울로 복귀했습니다."

"최문탁이?"

우 실장의 표정이 굳었다.

"그렇습니다. 그런데 말입니다."

"뭐?"

"형님이 하시는 일을 모두 접수하고 있습니다."

쾅!

우 실장이 수갑을 찬 손으로 테이블을 내려쳤다.

"그 망할 새끼가 내 밥그릇을 차지했다고? 이런 젠장!"

벌컥 화를 냈다가 다시 자리에 앉아 씁쓸한 미소를 보였다.

"내가 이창명이 개새끼 때문에 이 꼴이 됐으니 어쩔 수 없는 일이네."

"그런데 말입니다."

"또 뭐?"

"형님이 하시는 사업들을……."

"답답하게 굴지 말고!"

우 실장이 버럭 소리를 질렀다.

"사업들을 모두 접고 있습니다."

"접어?"

"예, 그렇습니다. 동방건설은 어제 파산을 신청했습니다."

"이 최문탁 개새끼가 미쳤……! 이런 시발 새끼!"

이제야 뭔가 떠오르는 우천재 실장이었다.

"왜 그러십니까, 형님?"

"변호사 양반!"

우 실장이 변호사를 불렀다.

"예."

"고문변호사는 어디에 있습니까?"

눈에 살기가 감돌고 있다.

"그, 그게……."

"지금 동방건설 파산 신청하러 갔습니까?"

"…저는 잘 모릅니다."

"알았소."

우 실장이 부하를 봤다.

"이게 다 최문탁이가 수작을 부린 거네."

"예?"

"망할 새끼가! 내 등에 사시미를 박았다고! 나 이대로 안 죽는
다."

"그렇습니다, 형님!"

"인천 짱깨한테 연락 좀 해봐라. 면회 한번 오라고."

"예?"

"최문탁이가 칠승파를 다 먹게 할 수는 없잖아. 내가 못 가진
다면 최문탁 그 개새끼도 못 가지게 해야지."

"예, 형님!"

"이창명이는 꼭! 알았지?"

"예, 형님!"

그렇게 우 실장은 다시 한 번 이창명에 대한 살인 지시를 했
고, 그 순간 변호사의 눈동자가 묘하게 변했다.

*　　　　　　*　　　　　　*

일본 대사관.

"지금 뭐라고 했습니까? 아직도 못 찾았다고요?"

일본 대사는 굳은 표정으로 벌에 쏘여 부어 있는 두 명의 경찰을 봤다.

"죄송합니다.

"일주일 동안 뭘 하고 다닌 겁니까?"

"꼭 검거하겠습니다."

"이 사실을 한국 정부가 알면 뭐라고 하겠습니까? 우리가 고의적으로 범죄자를 빼돌렸다고 할 것 아닙니까!"

"…죄송합니다."

"일본 경시청에 체포 인원을 더 요청하세요."

"그렇게 되면……."

"왜, 문책이 두려운 겁니까?"

"아닙니다, 대사님!"

"왜 일이 이렇게까지 꼬이는 건지……."

일주일이 지났고, 일본 대사와 두 형사는 변태 대머리가 참혹하게 죽임을 당했다는 생각을 못했다.

그저 처벌을 받지 않기 위해 도주했다고만 생각했다.

"이래서 범죄자들에게 최소한의 대우를 해주면 안 되는 겁니다."

"죄송합니다."

"수단과 방법을 가리지 말고 체포하세요."

똑똑! 똑똑!

그때 누군가 대사 집무실을 노크했다.

"들어오세요."

대사의 말에 대사관 여직원 하나가 조심스럽게 들어와 대사에게 묵례를 했다.

"무슨 일입니까?"

"대한민국 검찰청에서 와나타베 우타 씨에 대한 출국 조회가 되지 않는다고 확인 요청 공문이 왔습니다. 그리고……."

"이런 망할!"

"그리고……."

"그리고 또 뭐요?"

"일주일 안에 출국하지 않는다면 다시 체포해서 범죄자 인도 협정대로 직접 인도한다고 통보해 왔습니다."

"우타는 외교관이라고 하세요. 치외법권이니까 외교적 문제가 된다고 강력하게 통보하세요."

"그렇게 말할 것을 알기에 사전 통보하는 거라고 했습니다."

"뭐 합니까, 어서 그 변태 빠가야로를 찾지 않고?"

죽은 자를 찾을 수는 없을 것이다.

하지만 두 경찰은 급하게 나가야 했다.

이 자리에 있으면 더 큰 불똥이 떨어질지도 모르니까.

구치소 앞 고급 자동차를 타고 우 실장의 면회를 온 부하가 사라지는 것을 보며 우 실장을 접견한 변호사는 어디론가 전화를 걸었다.

"우 실장이 이창명을 죽이려는 것 같습니다."

―짐작했습니다. 수고하셨습니다.

핸드폰에서 들리는 목소리는 조명득이었다.

"최태우를 검거하면 우 실장의 죄목이 하나 더 늘어날 것 같습니다."

　―청부 살인이 되겠군요. 수고하셨습니다. 이만.

　　　　　　　*　　　　　　*　　　　　　*

　터미널 대합실 대형 TV에서는 뉴스가 진행되고 있었다.

　―산행이나 벌초를 가실 때 조심하셔야 할 것 같습니다.

　앵커의 멘트와 함께 화면이 돌아가 산이 보였다. 그리고 바닥
에 쓰러진 상태로 죽은 변태 대머리의 모습이 모자이크 처리되
어 보인다.

　―산행 중에 말벌의 공격을 받은 등산객이 현장에서 사망했습
니다. 사망한 피해자의 신원은 일본 대사관 소속 와나타베 우타
씨로 밝혀졌고, 단순 사망 사건이 외교적 분쟁으로 트집을 잡지
않을지 걱정입니다. 워낙 트집 잡기를 좋아하는 일본 정부니까요.

　공중파가 아닌 종편 뉴스라 자극적인 멘트가 이어졌고, 이 뉴
스의 시청률은 더욱 올라갔다.

　"저, 저게 와나타베 우타라는 겁니까?"

　"죄송합니다, 대사님!"

　급하게 밖으로 나갔다가 뉴스를 보고 두 일본 경찰이 돌아와
보고했다.

"…확실합니까?"

"DNA 검사를 통해 와나타베 우타로 확인되었습니다."

"이런 망할!"

삐이이~

그때 인터폰이 울렸다.

ㅡ대사님!

"…뭐죠?"

ㅡ대한민국 외교부 박홍식 과장이 접견을 요청하셨습니다. 박홍식 과장과 동행으로 검찰청 유익태 검사도 왔습니다.

비서의 말에 일본 대사는 인상을 찡그렸다.

*　　　　　*　　　　　*

"스미마셍!"

일본 대사는 겨우 과장 직급인 박홍식에게 머리를 숙였다. 이건 외교적으로 있을 수 없는 일이었다.

아무리 크게 잘못한 일이라도 유감 정도를 표현하는 것이 보통이다. 하지만 상황이 상황이다 보니 문제가 커질 수도 있다고 판단한 일본 대사는 겨우 과장급에게 머리를 숙였고, 박홍식 과장은 대한민국 정부를 대표해서 왔다는 생각에 의도적으로 거만할 정도의 표정을 짓고 있었다.

"대한민국 정부는 이번 일에 대해 강력하게 일본 정부에 유감을 표합니다. 곧 공식적인 외교부 대변인의 브리핑이 있을 겁니다."

"이번 일을 외교 분쟁화하려는 겁니까?"

"대한민국 검찰청은 이번 사태를 고의적인 도주라고 보고 있습니다."

"그런 일 없습니다."

"그럼 왜 인천국제공항이 아닌 부산공항까지 가서 출국시키려고 했던 겁니까?"

옆에 앉아 있던 유익태 검사가 따지듯 물었다.

"언론에 공개되면……."

위안부 할머니의 문제도 있기에 조용하게 마무리하려 한 것이 일본 대사관의 입장에서는 화근이라면 화근이었다.

"공식적으로 대한민국 정부는 일본 정부의 공식적인 사과를 요청합니다."

"으음……."

신음 소리를 토해내는 일본 대사였다.

"그리고 오늘 중으로 언론에 공개될 겁니다."

"예?"

"아마 저녁 뉴스에 그 범죄자의 죄목이 공개가 되고, 일본 외교부에서 도주를 도왔다는 의혹이 제기될 겁니다. 대한민국 정부가 언론을 통제하는 것에도 한계가 있습니다."

"그렇게 되면……."

"그렇게 되기 전에 빠른 조치 부탁드립니다."

박홍식의 말에 일본 대사가 박홍식 과장을 째려봤다.

"…대한민국 정부가 원하는 것이 뭡니까?"

"원하는 사항은 없습니다."

"없는데 이렇게 일본 정부를 압박하는 겁니까?"

"지금 압박이라고 하셨습니까?"

박홍식 과장이 일본 대사를 째려봤다.

"아닙니까?"

"공식적으로 요청하는 사항은 아니지만 제 개인적인 생각으로는 이번 사건이 이슈가 되는 것을 막을 방법은 딱 하나뿐인 것 같습니다."

"…그 방법이 뭡니까?"

"말뚝 테러를 한 쓰시키 노부유키 씨가 한국 법정에 선다면 이 사태가 조금은 수습될지도 모르겠습니다."

"…뭐라고요? 그 사람은 범죄자가 아닙니다!"

쓰시키 노부유키는 위안부 할머니를 모욕하는 말뚝 테러를 저지른 일본인이고, 말뚝 테러를 일으킨 후 법적 처벌을 피하기 위해 빠르게 일본으로 귀국한 놈이다. 그래서 대한민국 정부는 위안부 할머니의 고소장이 있어도 법적 조치를 취할 수가 없었다.

그리고 그 몹쓸 놈은 그런 나쁜 짓을 하고도 또 소녀상 모형을 감싼 종이에 '제5종 보급품'이라고 적어서 위안부 할머니들의 쉼터에 국제 택배를 보냈다. 제5종 보급품이라는 것은 군인을 상대로 성매매를 하는 여성을 뜻하는 말인데, 이것은 또 한 번의 명예훼손이 분명했고, 위안부 할머니 쉼터 측에서는 스즈키를 검찰에 고발한 상태이다.

그래서 국민감정이 끝까지 반일로 몰리고 있는 상태였다. 사실 일본 대사도 스즈키를 미친놈이라고 생각하고 있었다. 거기다가 스즈키는 독도는 일본 고유의 영토라고 쓰인 말뚝 모형까지 보내면서 자신은 유신정당 신풍의 대표라고 밝혔다.

이건 다시 말해 일본 소수 정당이지만 정치를 하는 정당이 대한민국을 상대로 도발했다고 받아들일 수도 있었다.

"한국 검찰에 고소장이 접수된 상태입니다."

스즈키는 말뚝 테러 사건과 관련해서도 명예훼손 혐의로 기소돼 이미 구속영장이 발부된 상태지만 스즈키가 일본으로 돌아간 뒤 검찰 소환이나 법원 재판에 일체 응하지 않으면서 사법 처리가 중단된 상태였다. 그것을 다시 꺼내 든 외교부의 박홍식 과장이다. 외교부가 심각한 외교문제가 될 수 있는 사항을 꺼내 든 것도 의외의 일이었다.

물론 비공식적이라고 못을 박았지만 말이다.

"으음……."

"제 생각은 그 정도는 되어야 언론이 이번 사태에 대한 보도를 멈추고 포커스를 말뚝 테러에 맞출 것 같습니다."

"개인적인 생각입니까?"

"원래 외교라는 것이 다 비공식적이라고 하잖습니까?"

"고민해 보겠습니다."

일본 대사도 다른 방법이 없다고 생각하는 것 같다.

"그럼 이만 가보겠습니다."

"그런데 일본 대사를 만나러 과장급이 오신 겁니까?"

"그래서 불쾌하십니까?"

박홍식 과장이 일본 대사를 쩌려봤다.

"그건 아니지만……."

"장관님과 차관님은 바쁘십니다."

박홍식의 말에 일본 대사는 인상을 찡그렸고, 박홍식 과장과 유익태 검사는 짧게 묵례를 하고 사라졌다.

"와나타베 우타! 이 빠가야로! 네놈 때문에 이런 치욕을 당해야 한단 말이야! 잘 죽었다, 이 망할 빠가야로!"

죽어서도 가엾다는 소리를 못 듣는 변태 대머리였다.

그렇게 일본 대사는 지랄발광을 하다가 일본으로 국제전화를 걸었다.

"그렇게 됐습니다. 어떻게든 조치가 있어야 할 것 같소."

—으음…….

일본 대사의 전화를 받는 사람이 신음 소리를 토해냈다.

—오늘까지 소환에 불응하면…….

"아마 비공식적이지만 대한민국 정부가 뒤에서 공론화하고 세계 여론을 혐일 쪽으로 몰고 갈 겁니다."

—알았소. 명예훼손에 관해 고발을 당했으니 범죄자 인도 요청 협정대로 인도하겠소.

"잘 생각하셨습니다, 총리님."

—이 모든 것이 평화 헌법을 없애는 일이라는 것만 알고 있으면 됩니다.

"예, 대사님."

*　　　　*　　　　*

박동철의 오피스텔.

"이게 뭔데?"

조명득이 내게 프로그램 하나를 보여줬다.

집에 설치되어 있는 컴퓨터가 아닌 자신의 노트북 화면으로 보여주고 있다.

"해킹 프로그램!"

나는 조명득이 과거에 원 게임 해킹 프로그램을 만들었다는 것을 이미 알고 있다.

"그런데 왜 노트북에?"

"이거 용량을 엄청나게 잡아먹네."

조명득이 장난스럽게 말했다. 용량을 엄청나게 잡아먹는다는 것은 다시 말해 프로그램이 아주 복잡하고 엄청나다는 의미이다.

"무슨 해킹 프로그램인데?"

"이메일 해킹!"

조명득의 말에 나는 놀란 표정을 감추지 못했다.

"그럼……."

원래 이메일이라는 것은 아주 비밀스러운 것이다. 그래서 말로 못하는 많은 일이 이메일로 오가고, 그것은 워낙 개인적인 것들이 많아서 해킹만 할 수 있다면 해킹당한 사람을 압박하는 무기로 쓸 수 있었다. 그것을 조명득이 해낸 것이다.

"너는… 천재네."

"다 너를 위한 거지."

"그래서?"

"니가 말했잖아. 말뚝 테러를 한 놈을 한국 법으로 처벌하고 싶다고."

"뭐?"

조명득이 뜬금없는 소리를 했다.

"곧 자진해서 한국 법정에 출두할 거다."

"진짜로?"

"하모! 두고 봐라. 니 군산 검찰청에 가잖아."

"가야지."

이미 발령이 난 상태다. 검찰청에서는 주변을 정리하라고 일주일간의 휴가를 줬다.

물론 그 일주일 동안 변태 대머리를 처단한 거고.

"가면 사건이 딱 도착해 있을 거다."

엉뚱한 일이지만 그렇게만 할 수 있다면 풀 배팅이다.

"할머니의 속이라도 확 풀어줘야지. 그 새끼는 치외법권도 아니잖아."

"그렇지."

"이번에는 법대로 가는 거다. 법으로 조지는 기다."

"알았어. 법대로 조져준다."

나도 모르게 주먹을 불끈 쥐었다.

따르릉! 따르릉!

그때 조명득의 핸드폰이 울렸고, 조명득은 나를 보며 씩 웃고 스피커폰 모드로 전화를 받았다.

＊　　　　＊　　　　＊

일본 대사관 앞에서 박홍식 과장이 유익태 검사와 헤어지고 어디론가 전화를 걸었다.

—여보세요.

"요구한 그대로 처리했습니다."

박홍식 과장의 목소리가 어두웠다.

―수고하셨습니다.

"원하는 대로 했으니까 제 이메일 캡처는 삭제 부탁드립니다.

결국 조명득은 박홍식 과장의 이메일을 해킹했고, 그것을 통해 박홍식 과장에게 압력을 넣은 것이다.

―언론에 공개되는 일은 없을 겁니다.

"캡처를 삭제하지 않겠다는 겁니까?

박홍식 과장이 인상을 찡그렸다.

―하하! 삭제했으니까 언론에 공개될 일이 없다는 거죠.

그제야 박홍식 과장의 표정이 담담하게 변했다.

―하지만 청명회에서 연금을 받은 것은 남아 있죠.

"으음……."

―옳은 일 하신 겁니다.

"…맞소. 내가 비록 청명회 협박에 이번 일을 하기는 했지만, 내가 하고도 외교관이 된 것이 자랑스러웠소."

―지금부터는 대한민국을 위해 헌신하는 겁니다.

"알겠소. 그렇게 하겠습니다. 이왕 한 배를 탔으니 잘 알겠습니다. 이메일은 확실하게 삭제한 거 맞죠?"

―예. 큰 잘못도 아닌데 신경 안 쓰셔도 됩니다.

"마누라가 알면……."

―남자가 바람 한번 피운 것이 무슨 큰 죄입니까?

박홍식이 조명득에게 약점을 잡힌 것은 바람을 피웠기 때문이다. 그것도 일반적인 여자가 아닌 창녀와 이메일을 주고받다가 조명득의 레이더에 걸렸고, 이메일이 캡처됐다. 사실 따지고 본다면 큰 죄는 아니다. 돈을 주고 여성의 성을 산 것은 죄지만 고통을 겪는 사람은 없다.

그것은 거래라면 거래니까. 하지만 외교관으로 승승장구하는 박홍식 과장의 입장에서는 그 일이 밝혀지면 문제가 된다는 것을 알고 있고, 또 아내까지 알게 되면 인생이 파탄 날 거라고 생각했다. 한 번도 실패한 적이 없는 인생이다.

"이해해 줘서 고맙소."

―그래도 아내만 사랑하세요.

"알겠습니다."

―사업비는 입금했습니다.

"고맙습니다."

―고맙습니다.

나는 박홍식과 조명득이 통화하는 것을 듣고 있었다. 조명득이 통화가 끝나고 나를 봤다,

"너, 돈 많이 벌어야겠다."

"얼마나 주는데?"

"1년에 3억이다."

세상에 돈으로 안 되는 일은 없지만 놀랍기만 한 순간이다.

"3억?"

"와, 많나?"

"그건 아니지만……."

내 주식 투자는 승승장구하고 있었다. 어떤 것이 정확하게 오

르고 내릴지는 확실하게 알 수 없지만, 어떤 종목이 이슈가 되는지는 알고 있었다.

그리고 나는 자금 확보를 위해 엄청나게 이슈가 된 종목에도 투자했고, 인터넷 전화 사업을 하는 회사에 내 자산의 10퍼센트 정도를 투자했다.

30억 정도를 투자했는데 놀랍게도 그 주식은 100배 이상 올랐다. 이후에는 더 오를 것이다. 하지만 내 목적은 돈을 버는 것이 아니라 청명회를 운영하는 자금을 마련하는 것이기에 100배가 오를 때 전량 매도를 쳤고, 3,000억이라는 자금을 확보한 상태이다.

그리고 그 모든 자금을 차명으로 운영하고 있다.

물론 그 차명 계좌는 노숙자들이 만들어준 대포 통장이다. 또 3,000억 중에 2,000억은 한국에서 핸드폰을 만드는 회사에, 그리고 미국에서 핸드폰을 만드는 사과 좋아하는 회사에 투자해 놓은 상태이다.

이제는 돈 걱정은 안 해도 될 것 같다.

"하여튼 돈의 힘이 제일 세다."

조명득이 나를 보며 피식 웃었다.

맞는 말이다. 돈은 귀신도 부리니까. 하지만 지금처럼 청명회가 직접 움직이는 일은 없었으면 좋겠다. 그래도 나는 검사니까 주먹보다는 법으로 범죄자들을 응징하고 싶다. 항상 법보다 주먹이라고 생각했지만 법으로 맹렬하게 심판하고 싶다.

"내일 군산 가야지?"

"가야지."

그리고 보니 검찰청에서 준 휴가도 모레까지다.

그러니 나는 군산으로 내려가야 했다.

인천국제공항에 엄청난 취재진이 몰려들었고, 입국장으로 선글라스를 낀 쓰시키 노부유키가 굳은 표정으로 들어섰다.

찰칵! 찰칵!

"쓰시키 씨! 자진 출두한 이유가 뭡니까?"

"아직도 반성하시지 않았습니까?

"…할 말 없소.

결국 그렇게 쓰시키 노부유키는 자진 출두 형식으로 대한민국에 왔다. 물론 대한민국에 오기 전까지 일본 정부에게 엄청난 압력을 받았고, 어쩔 수 없이 입국한 것이지만 말이다.

그런데 여기서 한번 생각해 볼 일이 있다. 몇 백 년 전, 임진왜란이 일어나기 전에 조선의 선조는 대마도 도주에게 일본의 앞잡이가 되어서 경상도를 휩쓸고 다닌 왜구의 앞잡이가 된 놈들을 송환 요청했는데 그때 일본 막부의 수장인 도요토미 히데요시는 선조 임금의 요구를 받아들여 일본에 귀화한 앞잡이를 조선에 보냈다.

그리고 지금 그와 비슷한 상황이 펼쳐진 것이다.

또한 그 옛날의 도요토미 히데요시와 지금 현 일본 수상은 강한 일본을 만들기 위해 어떤 짓이라도 서슴지 않았다.

역사는 돌고 돈다는 말이 떠오르는 순간이다.

"군산 검찰청에서 조사를 받게 되는 것도 아십니까?"

군산 검찰청?

그곳엔 박동철이 있다.

"…할 말 없소."

그렇게 쓰시키 노부유키는 대한민국 법으로 처벌 받기 위해 입국했다. 박동철 검사를 만나야 한다.

풀 배팅!

박동철은 쓰시키 노부유키에게 반드시 풀 배팅을 할 것이다.

제4장
당신은 여기서는 못 죽습니다

법정.

죄수복을 입은 우천재가 심각한 얼굴로 피의자석에 앉아 있고, 이창명이 증인석에 앉아 있었다. 또한 많은 사람이 이 재판을 지켜보기 위해 앉아 있었다.

"증인!"

유익태 검사가 담담한 어투로 이창명을 불렀다. 이창명이 담담한 표정으로 검사를 봤다.

"당신에게 청부 폭력을 사주한 사람이 이 법정에 있습니까?"

유익태 검사의 말에 이창명의 시선이 천천히 우천재에게 향했고, 우천재는 이창명을 죽일 듯이 노려봤다.

하지만 이미 결심이 선 이창명이다. 그리고 이 모습을 최문탁도 차분히 지켜보고 있었다.

"지목하면 끝날 것 같습니다."

최문탁의 후배인 상두가 조용하게 말했다.

"우 실장, 이젠 끝이군."

"그래도 좀 괘씸합니다. 이창명이가 결국 칠승파를 배신한 거 잖습니까?"

상두가 이창명을 노려봤다.

"그래서 어떻게 할 건데?"

"제가 뭐 어떻게 할 것이 있겠습니까? 썩어도 준치라고, 교도 소 안에는 우 실장님 후배들이 이창명이가 들어오기만을 기다 리고 있을 겁니다."

상두의 말에 최문탁은 고개를 끄덕였다.

"따지고 보면 우리가 쓴 도구지."

최문탁이 이창명을 봤다.

"그렇죠. 하여튼 우 실장님은 제대로 끝난 것 같습니다. 그런 데 형님."

"왜?"

"인천 짱개들이 움직이는 것 같습니다."

"그렇게 보이기만 할 거다."

"그 말씀은?"

"안에 있는 우 실장보다 밖에서 활동하는 내가 그 거지들한테 줄 수 있는 것이 많다는 것을 박 사장도 알 거다."

박 사장.

그가 또 거론됐다.

"…같이 가시는 겁니까?"

상두가 조심스럽게 물었다.

"나는 쓰레기랑은 같이 안 간다. 우선은 같이 가는 것처럼 보일 뿐이지."

"그럼 어떻게?"

상두가 이해가 안 된다는 표정으로 최문탁을 봤다.

"대한민국 법이 저렇게 엄정한데 우리가 나설 필요는 없지."

최문탁은 그렇게 말하고 미소를 보였다. 그저 이 순간 상두는 무슨 말인지 이해가 안 된다는 표정을 보일 뿐이다.

"증인, 이 자리에 증인에게 청부 폭력을 의뢰한 사람이 있습니까?"

유익태 검사가 다시 이창명에게 물었다.

"…네, 있습니다."

이창명의 대답에 우천재가 지그시 입술을 깨물었다.

"누굽니까? 누가 피해자에게 전치 15주의 폭력을 휘두르고 장애인으로 만들라고 했습니까?"

유익태 검사는 방청객들을 의식한 듯 말했고, 그때 변호사가 급하게 일어났다.

"이의 있습니다. 지금 검사는 방청객을 격동시켜서 재판관님을 압박하고 있습니다."

"변호사!"

"예, 판사님!"

"저, 그런 걸로 압박 받는 판사 아닙니다. 정확하게 법으로 판단합니다."

"…예."

변호사는 이 순간 모든 상황이 자신에게 불리하다는 것을 직감했다.

"검사!"

"예, 판사님!"

"용어 선택을 잘하세요. 오해의 소지가 없게."

"예, 정확한 것만 질문하겠습니다."

유익태 검사는 판사에게 말하고 다시 이창명을 봤다.

"누굽니까?"

"저기 피의자석에 앉아 있는 우천재 실장입니다."

"직접적으로 지시한 겁니까?"

"우천재 실장의 부하인 박기춘 과장이 제게 지시했습니다. 우천재 실장님의 아내가 제비와 눈이 맞아서 혼을 내줘야겠는데, 죽여야겠다고 했습니다."

"청부 폭력이 아니라 살인 청부였습니까?"

순간 죄목이 달라졌다.

"저는 그렇게 들었습니다."

"이건 조작이야! 나는 저 망할 새끼한테 그런 것을 부탁한 적이 없어!"

우천재가 버럭 소리를 질렀다.

"피의자, 조용히 하세요! 자꾸 법정을 어지럽히면 법정 모독죄가 적용될 겁니다."

판사의 말에 우천재는 어금니를 꽉 깨물며 자리에 앉을 수밖에 없었다.

"확실한 겁니까?"

검사가 다시 이창명에게 물었다.

"예, 확실합니다. 박기춘 과장을 불러서 확인해 보시면 밝혀질 겁니다."

"판사님!"

"말하세요, 검사!"

"박기춘을 증인으로 채택합니다."

                    *   *   *

구치소 특별 면회실

"형, 형님!"

박기춘은 최문탁의 오른팔인 상두가 자신을 면회 왔다는 사실에 놀라움을 감추지 못하고 있었다.

"몸은 괜찮나?"

"예, 괜찮습니다."

"너도 재판을 받아야겠지."

"예, 그 망할 이창명이 개새끼 때문에 그 새끼가 배신할 줄은 차마 몰랐습니다."

"기춘아."

상두가 그윽한 목소리로 박기춘을 불렀다.

"예, 형님."

"배가 침몰하고 있다. 그대로 타고 있다가 죽을래, 아니면 살아남을 방안을 찾을래?"

"예?"

"…우 실장은 끝났다."

상두의 말에 박기춘의 표정이 굳었다.

"그, 그 말씀은?"

"회사에 의리를 지킬래, 아니면 침몰하는 우 실장에게 의리를 지키고 같이 죽을래?"

"저, 저는……."

"생각 잘 해라. 회사에서는 더 이상 우 실장에게 지원 없을 거다."

"형, 형님!"

"우 실장이 끝나야 사건이 끝난다. 그래야 회사가 더는 타깃이 안 되고, 이야기 다 끝냈다고 하시네. 니는 3년 정도 살 것 같다. 하지만 우 실장과 같이 가면 10년 이상이다. 어쩔래?"

"형님!"

"알아서 해라. 몸조심하고, 영치금 넣었다. 먹고 싶은 거 있으면 먹고."

상두의 말에 박기춘은 지그시 입술을 깨물었다.

"…무슨 말씀이신지 알겠습니다."

상두가 자리에서 일어나자 박기춘도 따라서 일어났다. 그리고 90도로 인사했다.

쿵!

그 순간 박기춘의 이마가 테이블을 찍었다.

"살려주십시오."

"그래, 너는 살아야지."

                    *   *   *

법정.

"피의자가 박기춘 씨에게 살인 청부를 지시한 것이 확실합니까?"

이창명이 증인석에서 내려가고 박기춘이 앉아 있다.

"예, 그렇습니다. 확실하게 죽이라고 지시했습니다."

이 순간 우천재는 모든 것이 끝났다는 생각이 들었다.

"이, 망할……."

하지만 이제는 발광을 해도 어쩔 수 없다는 생각이 드는 우천재였다.

                    *   *   *

최종 공판일.

"피의자 우천재에게 청부 살인 및 불법 단체 결성, 성매매 특별법 위반과 아동 성매매 동영상 제작, 불법 음란 사이트 개설과 아동 인신매매 단체 수괴 혐의 등 73종의 범죄로 유기 징역 25년과 보호감호 15년을 구형합니다."

유익태 검사의 구형으로 우천재의 표정이 굳었다.

구형은 유기징역이지만, 실질적으로는 종신형이나 다름없었다. 40대 후반인 우천재가 형량을 모두 마치고 출소하면 70대가 훌쩍 넘으니 말이다.

"피의자 우천재에게 유기징역 20년과 보호감호 10년을 언도합니다."

땅땅땅!

판결이 났다.

그리고 판사가 검사를 봤다.

"검사!"

"예, 판사님!"

"혹시 항소할 생각입니까?"

"항소하겠습니다."

판사는 그럴 줄 알았다는 듯 인상을 찡그렸다.

*   *   *

다른 법정.

"피고 이창명에게 청부 폭력에 관한 죄목이 인정되나 피고가 통렬하게 자신의 죄를 반성하는 것을 고려해 유기징역 3년을 언도한다."

이창명도 형이 확정됐다. 그는 지그시 입술을 깨물었다.

"죄송합니다, 판사님."

이창명은 자리에서 일어나 판사에게 고개를 숙였다.

진심으로 자신의 죄를 반성하고 있는 이창명이었다. 하지만 자신이 교도소에 수감되면 3년이라는 시간이 자신의 마지막 시간이 될 거라는 것을 직감하고 있었다.

대법원.

"피고 우천재에게 청부 살인 및 불법 단체 결성, 성매매 특별법 위반과 아동 성매매 동영상 제작, 불법 음란 사이트 개설과 아동 인신매매 단체 수괴 혐의 등 73종의 범죄로 유기 징역 25년과 보호감호 15년을 구형합니다."

유익태 검사는 2심의 판결 이후 다시 한 번 항소를 했고, 전 재판과 똑같이 구형했다. 그리고 몇 가지 증거를 더 확보해서 구형했다.

유익태 검사가 박동철에게 약속한 풀 배팅이었다.

"피의자 우천재에게 유기징역 25년과 보호감호 10년을 언도합니다."

판사가 유익태 검사를 째려봤다. 더는 안 된다는 눈빛이다.

그렇게 우천재는 형이 확정됐고, 법정을 빠져나가며 다른 피의자석에 앉아 있는 박기춘과 이창명을 노려봤다.

"너희들, 두고 보자! 나 우천재, 아직 안 죽었다!"

우천재는 버럭 소리를 지르며 그렇게 법원 밖으로 끌려 나갔다.

*   *   *

교도소.

이창명은 마산 교도소에 수감됐다.

그리고 하루하루 불안감 속에서 살았다

철컥!

그때 감방 문이 열리자 죄수들이 열린 문 쪽을 봤다.

"신입이니까 살살 해."

"뭘 한다고 그럽니까?"

감방의 방장이 너스레를 떨면서 교도관을 보고 웃었다.

"하여튼 문제를 만들지 마."

그렇게 감방 안으로 들어온 죄수는 감방 안을 쭉 둘러보다가 이창명에게서 시선이 멈췄다.

"야, 신입!"

그때 방장이 방금 감방으로 들어온 죄수를 불렀다.

"이거 안 보여?"

하지만 신입은 자신의 가슴에 박혀 있는 번호표를 손가락으로 가리키며 말했다.

"이거 안 보이냐고."

"이거 완전 꼴통이네! 그래, 보인다! 5882! 됐냐?"

"보이면서도 그러냐?"

"이게 정말 콩밥 먹고 미쳤나? 조져!"

방장의 명령에 죄수들이 5882에게 달려들었지만, 이창명만은 그대로 앉아 있었다.

그는 꽤나 야위어 있었다.

그리고 사실 교도소만큼 사고가 많이 나는 곳도 없었다. 그리고 교도소는 사고가 나도 조사가 잘 안 되는 곳이다. 하루하루

생명의 위협을 받다 보니 이창명은 점점 불안해졌다.

퍼퍼퍽! 퍼퍽!

"으악!"

덤벼들었던 죄수들이 5882의 주먹에 맞아 나가떨어졌고, 그때가 기회라는 생각이 들었는지 감방의 방장이 작업장에서 숨겨들어온 쇳조각으로 만든 칼을 들고 벌떡 일어나 5882가 아닌 이창명에게로 달려들었다.

"이 새끼가!"

그 순간 이창명은 방장이 찌른 칼을 막으려고 했지만 너무나 갑작스러운 공격에 당황했다.

사실 이 감방에 왔을 때 엄청나게 긴장했지만 감방 안에서는 아무 일도 없었다.

그래서 이 감방 안에서는 어느 정도 안심을 하기 시작한 이창명이다.

척!

그때, 5882가 날카롭게 간 칼 형태의 쇳조각을 잡고 이창명을 찌르는 방장의 손을 잡았다.

퍼어억!

그리고 다른 손으로는 방장의 턱을 갈겼고, 다시 비틀거리는 방장을 무릎으로 찍었다.

"아아악!"

쿵!

"으윽! 넌, 넌 뭐야?"

쓰러진 방장이 5882에게 물었다.

"아직도 몰라? 5882잖아."

5882가 씩 웃으며 놀라 넋이 나간 이창명을 봤다.

"이창명 씨!"

5882가 담담하게 이창명의 죄수번호를 부르지 않고 이창명의 이름을 불렀다.

"…예."

"당신은 여기서는 못 죽습니다."

"예?"

"친구 잘 됐네요."

5882의 입에서 친구라는 말이 나오자 이창명은 박동철의 얼굴이 떠올랐다.

"친, 친구라고요?"

"그렇게만 아세요. 어쨌든 여기서는 못 죽습니다."

"고맙습니다."

"고마워할 것 없습니다. 돈 받고 하는 일인데."

5882가 피식 웃었다. 그리고 일어서서 덤비려는 방장을 팔꿈치로 찍었다.

퍼어억!

"으악!"

"교도관님! 교도관님!"

5882가 급하게 교도관을 불렀다.

다다닥! 다다닥!

급하게 5882의 외침을 듣고 교도관이 뛰어왔다.

"왜? 무슨 일……."

바닥에 쓰러진 방장과 죄수들을 보고 교도관이 멍해졌다.

"저 새끼가 이걸로 저를 찔러 죽이려고 했습니다."

"뭐야? 확실해?"

"다른 사람들이 다 봤습니다."

"2512번!"

교도관이 5882에게 덤벼들었던 죄수를 불렀다.

물론 그 죄수도 눈 주변에 멍이 퍼런 상태였다.

"으윽… 예."

"확실해?"

교도관의 물음에 2512번이 5882를 봤다가 5882의 눈빛에 겁을 집어먹었다.

"예, 제가 찌르려고 하는 것을 봤습니다."

"이 또라이 새끼가 좀 봐줬더니 골치 아프게 내 숙직 때 사고를 쳐!"

철컥!

바로 문이 열리며 방장이 교도관에게 끌려 나갔다.

"너는 한 달 독방이야!"

그렇게 숨어서 이창명의 목숨을 노리던 방장이 끌려 나갔다. 그 다음날 감방의 죄수들도 다른 방으로 이감됐고, 그 방에 새로운 신입들이 들어왔다.

놀라운 것은 들어온 신입들이 모두 5882에게 크게 허리를 숙여 인사했다.

"형님, 잘 계셨습니까?"

"너도 일하러 왔냐?"

5882의 물음에 신입 하나가 이창명을 봤다.

"예, 연봉 5,000만 원 받기로 했습니다. 몇 가지 죄는 탕감 받기로 했습니다. 누가 고소만 안 하면 말입니다."

그저 이 순간 이창명은 놀랄 뿐이다. 그렇게 이 감방에서 이창명을 보호하는 사람들은 총 다섯 명이 됐다.

그리고 그들의 형량은 놀랍게도 모두 이창명보다 딱 1개월 정도가 많았다.

"친구 정말 잘 둔 것 같네요."

5882가 다시 한 번 이창명을 보며 말하고 웃었다.

"동, 동철아!"

이창명은 다시 한 번 주르륵 눈물을 흘렸다.

"하여튼 당신은 여기서는 못 죽습니다. 아시겠어요, 이창명 씨!"

제5장

군산의 오지랖이 되다

군산지검으로 내려왔고, 군산이 소도시라서 그런지 형사1과와 형사2과로 나눠져 있었는데 나는 형사2과 담당 검사가 됐다.

그리고 놀랍게도 오 수사관과 마 수사관, 그리고 조명득이 지방 순환 보직 신청을 해서 군산으로 따라왔고, 오 수사관은 자리가 없어서 아쉽게 형사1과로 발령 받았다.

그래서 발령을 받고 어이가 없게도 위로주를 사야 했다.

"검사님이랑 마지막으로 수사관 생활을 하고 싶었는데 아쉽습니다."

"자리가 있을 겁니다.

군산지검은 검사에게 배정되는 수사관이 세 명이고, 두 명은 마 수사관과 조명득 때문에 서울로 발령을 받았다. 물론 그들의 입장에서는 쾌재를 부를 일이었다.

"아쉽습니다. 간신히 마누라 설득에 성공해서 왔는데."

"소주나 마십시오. 홍어회가 아주 좋네요."

"저는 이 홍어에 적응이 안 됩니다."

"그럼 개불 드십시오, 개불."

"자리만 나면 꼭 검사님이랑 일할 겁니다."

"그러세요."

"내가 어떻게든 왕따 시켜서 문 수사관님을 형사1과로 보내겠습니다."

조명득이 장난삼아 말하자 오 수사관의 눈빛이 반짝였다.

"그래 줄래?"

"예, 밥도 같이 안 먹을 겁니다. 그렇죠, 마 수사관님?"

"그럼요. 우리는 드림팀이잖습니까? 하하하!"

고맙다. 나를 따라 이 군산까지 내려와 준 것이 너무나 고마웠다.

하여튼 그렇게 우리는 군산으로 왔고, 내가 처음 담당한 재판은 말뚝 테러를 저지른 그 일본 놈이었고, 나는 풀 배팅으로 구형했다.

"어떻게 사후 명예 훼손과 명예 훼손으로 유기징역 2년하고 집행유예 3년, 그리고 벌금 3,000만 원이 다입니까?"

마 수사관도 억울하다는 듯 내게 말했다.

항고를 했는데 그게 전부였다.

처음에는 벌금 500만 원이 나왔다. 그래서 대놓고 법정에서 판사님께 그걸 누구 코에 붙이냐고 했다가 엄청난 쿠사리를 먹어야 했고, 또 지검으로 돌아와서 지검장님께 조인트를 까여야 했다.

그리고 시말서도 써야 했다.

벌써 올해에 쓴 시말서만 두 장이다.

"그래도 벌금 3,000만 원은 국고에 환수됐습니다."

내 말에 마 수사관이 나를 봤다.

"검사님께서 그 쪽발이가 벌금을 내기 전까지 출국 금지 신청을 했고, 지검장님이 힘을 써서 언론 플레이를 해서 그렇게 된 거 아닙니까?"

"그걸 아는 놈들이 나를 안 불러?"

그때 오늘만은 보고 싶지 않은 지검장님이 자리에 앉으면서 퉁명스럽게 말했다.

"우리 형사 2과에 프락치가 있네요."

사실 나는 오늘도 조인트를 까였다.

"없습니다."

"있는 것 같은데……."

"있으면 어쩔 건데?"

"처참하게 응징해야죠."

그때 조명득의 눈동자가 내 시선을 피했다.

"너였냐?"

나는 조명득에게 반말로 물었다.

"제가 뭐요?"

"조 수사관이네."

프락치가 밝혀지는 순간이다. 하지만 심증은 있어도 물증이 없다.

그럼 증거가 없는 거다.

"헛소리하지 말고 술이나 한잔 따라라."

"예, 선배님!"

지검이 아니니 여기서는 선배님이다.

나는 바로 지검장께 술을 따랐다.

"또라이 짓 좀 작작 해라. 신성한 법정에서 그 벌금을 누구 코에 붙이냐고 판사한테 따지는 검사는 너뿐일 거다."

"하지만 맞는 말이잖아요."

"맞을래?"

지검장이 나를 째려봤다.

"죄송합니다."

"그리고 한 번만 더 이렇게 좋은 거 먹을 때 나 안 부르면 맞을 줄 알아. 기러기 아빠 외롭다."

그리고 보니 지검장님은 혼자 내려오셨다.

오 수사관과 마 수사관은 가족들을 데리고 내려왔고.

"예."

하여튼 그렇게 말뚝 테러 사건은 마무리가 됐다.

"박 검."

"예, 선배님."

"사건이 별로 없어서 심심하지?"

"사건이야 찾으면 되죠."

사실 군산은 항구 도시이고 밀수가 많이 일어나는 도시기도 했다.

그리고 군산지검은 서울지검과 다르게 마약 전담팀이 없었다.

그래서 나는 마약 수사를 할 생각을 하고 있었다.

"땅개처럼 냄새 잘 맡고 다녀라."

"예, 선배님."

"요즘은 공해상에서 밀수가 많이 일어난단다."

맞는 말이다. 공해상에서 밀수가 꽤 많이 일어나고 있었다.

"예, 관심을 가지겠습니다."

"그리고 여기는 너를 돌봐줄 선배도 없다."

무슨 말인지 알 것 같다. 이곳의 지방 판사는 거의 권력화되어 있었다.

판사도 검사도 변호사도 다 한통속인 것 같았다. 그래서 따로 모여서 피의자 구형을 룸살롱에서 정한다는 소리도 있었다.

이건 다시 말해 그들을 연결해 주는 브로커도 있다는 의미처럼 들렸다.

"오늘은 술값을 주고 가야지."

그때 작은 횟집 주인아줌마의 목소리가 들렸다.

"다음에 줄게! 우리 몰라? 몇 달 배를 못 타서 그래."

"아무리 그래도 한 달째 이러면 우린 어떻게 장사를 해요."

나와 지검장의 시선이 아줌마 쪽으로 흘렀다. 그리고 그때 마 수사관이 자리에서 일어나려는 것을 내가 손으로 잡았다.

"잠깐만요."

"예."

마 수사관이 짧게 대답했고, 나는 아줌마를 째려보고 있는 남자 둘을 봤다.

"자꾸 왜 이래? 단골이잖아!"

남자가 짜증난다는 듯 버럭 소리를 질렀다.

"그, 그게 아니라······."

"오늘 장사 쫑 나게 깽판 한번 쳐줘? 확 살기도 싫은데 사고 한번 칠까?"

남자가 바로 협박을 시작했다.

"이봐, 추 씨, 왜 그래?"

도리어 옆에 있는 남자가 말렸다.

'내 뇌에 저놈은 없는데.'

나는 군산으로 내려오면서 바로 군산에서 활동하는 조폭들의 명단과 사진, 그리고 전과를 입력(?)시켰다.

그런데 저놈은 없었다.

이건 다시 말해 일명 동네 조폭이란 말이다.

"거기요! 조용히 좀 하죠!"

나는 짜증스럽다는 표정으로 소리쳤다.

"너는 뭐야?"

남자가 도끼눈을 하자 도리어 아줌마가 놀라서 남자를 막았다.

"알았어. 알았으니까 다음에 줘. 가봐! 그냥 가! 아니, 오늘 술 값은 받은 걸로 할게."

"정말?"

"거기! 이리 와서 술이나 한잔해라, 양아치 새끼야!"

내 이죽거림에 남자가 그냥 가려다가 나를 째려봤고, 아줌마는 이제 자기도 모르겠다는 눈빛으로 우리를 봤다.

그래도 우리의 쪽수가 더 많으니 큰일은 없을 것 같다는 눈빛이다. 그때 내 이죽거림에 짜증이 났는지 주방에서 회를 뜨는 회칼을 들고 남자가 왔고, 옆에 있던 남자는 일 터졌네 하는 눈빛으로 마지못해 따라왔다.

쾅!

놈은 우리를 겁주기 위해 사시미를 테이블에 찍었다.

"너, 칼 좋아하네."

내가 남자를 보며 말했다.

"뚫린 입이라고 말 막하다가 창자가 주르르 흐를 수 있다! 나 오늘 기분 별로거든!"

남자가 버럭 소리를 질렀고, 지검장님은 뭐 저런 꼴통 새끼가 있냐는 눈빛으로 아무렇지도 않게 소주를 마셨다.

"창자를 뭐 어떻게 한다고?"

역시 뱃사람들은 한 성질 하는 것 같다. 물론 추 씨라고 불리는 남자가 배를 타는 선원이라는 확신은 없다.

하지만 손이 거친 것을 보니 조폭은 아닌 것 같았다. 조폭 중에 저렇게 거친 손을 가진 놈은 없으니까. 그냥 동네 깡패나 양아치 정도일 거라는 생각이 들었다.

"주르르 흐른다고!"

추 씨가 버럭 소리를 질렀다.

"너, 정말 오늘 운 없다."

"뭐?"

"오늘 정말 운이 없다고."

"무슨 개소리야? 꼴을 보니 서울에서 온 새끼들 같은데, 그냥 조용히 술 처마시고 떡이나 한번 치고 가지 왜 지랄이야?"

"떡 치면 죄지."

"뭐?"

"너, 이런 거 본 적 있냐?"

나는 주머니에서 수갑을 꺼냈고, 지검장이 역시 너는 또라이라는 눈빛으로 소주를 마시며 웃었다.

"이런 건 또 못 봤을 거고?"

그리고 권총도 꺼내놓았다.

그 순간 추 씨의 표정이 굳었다.

"너, 너 뭐야?"

"나?"

"그, 그래, 너!"

"군산지검 형사2과 박동철 검사! 당신을 공갈 및 협박, 그리고 이 회칼이 30센티미터 이상 되니까 불법 무기 사용도 적용되고, 무전취식을 했으니 그 죄도 있습니다. 그리고 떡이나 치라고 했으니까 성매매 알선도 들어갑니다. 당신은 묵비권을 행사할 수 있고 변호사를 선임할 수 있습니다."

그 순간 추 씨 뒤에 있던 남자가 뒷걸음질을 치며 도망치려 하다가 우락부락한 마 수사관에게 잡혔다.

"으윽!"

"자, 잘못했습니다."

"아줌마!"

아줌마도 넋이 나갔다.

"예?"

"이 사람이 지금까지 무전취식한 것 다해서 얼마입니까?"

내 물음에 아줌마는 아무 말도 못했다. 겁이 나는 것이다.

"그, 그게……."

"너는 얼마나 공짜로 먹었는지도 모르지?"

"…잘못했습니다."

바로 꼬리를 내렸다. 동네 조폭이나 양아치 같아 보이는데 바로 꼬리를 내리는 것도 참 신기하다.

'특이한 놈이네.'

"오늘 이 소주 다 마실 때까지 돈 다 내면 없던 일로 해줄게. 공갈 협박이 최고 3년이고 불법 무기 사용도 6개월은 되는데 그 거까지 다 없던 일로 해줄게."

이 횟집 아줌마의 입장에서 저 두 양아치를 감옥에 보낸다고 해서 이익 될 것은 하나도 없었다.

괜히 출소한 후에 깽판만 더 부릴 테니까.

"정말이십니까?"

"그렇게 합시다."

나는 살짝 존댓말을 했다.

"아줌마, 빨리 계산 뽑아요. 선량하게 변할 수 있는 대한민국 청년을 전과자 만들지 마시고."

내 말고도 함께 온 동네 조폭이 아줌마를 보며 어서 계산하라고 눈치를 줬다.

'이 새끼, 그래도 인간 망종은 아니네.'

만약 인간 망종이었다면 아줌마가 돈을 달라고 했을 때 바로 깽판부터 쳤을 거다.

그냥 동네 양아치에서 동네 깽패 정도로 공짜 술이나 먹는 놈인 것이다.

"그러니까… 16만 원 정도 되네요. 한 달 동안 많이도 먹었네."

아줌마가 남자의 눈치를 보며 말했다.

'1년 동안 겨우 16만 원 먹었네.'

오늘 우리가 먹은 것만 해도 10만 원 이상이다. 그러니까 놈은 그냥 소주나 한잔하고 광어 한 접시 정도 무전취식한 것이다.

"내가 그렇게 많이 먹었다고?"

남자가 버럭 소리를 질렀다.

"가만히 있는 것이 좋을 텐데?"

내 말에 남자가 꼬리를 내렸다.

"…예."

"둘이 나누면 8만 원이네."

"예. 그런데 검사님."

"왜요?"

"정말 검사님 맞으십니까?"

"검사를 사칭하는 사람도 있나요?"

있다면 작살을 내줘야 한다.

"아, 아닙니다."

"그럼?"

"제가 지금 돈이 없는데……."

"지갑!"

내 말에 남자가 바로 지갑을 꺼냈다.

"추성호! 주민번호가 84XXX······."

나는 주민번호를 말하고 남자를 봤다.

"예, 맞습니다."

"나, 뭐든 잘 외웁니다."

"예."

"저는 적었습니다."

조명득이 장난스럽게 말했다.

"예, 알겠습니다."

"그럼 소주나 한잔하고 가세요. 내일까지 확인할 겁니다."

"알겠습니다."

추성호가 내게 잔을 내밀었다.

"그리고 현금 말고 계좌이체를 하세요. 괜히 나중에 아줌마한
테 받아놓고 그런다고 협박하면 그때는 콩밥 배 터지게 먹을 줄
아세요."

"알겠습니다."

나는 추성호에게 소주 한잔을 따라줬다.

"그런데 무슨 일 하세요?"

추성호에 대해 궁금해졌다. 사실 추성호의 머리 위에 떠 있는
선악의 저울은 범죄자라고 하기에는 선의 수치가 너무 높았다.

56—44

무전취식에 공갈 협박까지 했는데 저 정도면 평상시에는 아주
착한 사람이라는 의미처럼 느껴졌다.

"…배 탑니다."

"선원이세요?"

"예, 배는 타는데 요즘 고기가 안 잡혀서 놀고 있습니다."

요즘 군산이 그랬다. 고기가 잘 잡히지 않아 출항하는 배의 수가 줄어들고 있다.

그래서 밀수가 점점 더 늘어나고 있었다. 어떻게든 먹고는 살아야 하니까.

"앞으로 이러지 마세요."

"예, 검사님!"

추성호가 꼬리를 내리자 순한 양이 됐다.

천성이 나쁜 놈은 아닌 것 같다.

"추 씨 마누라, 도망갔습니다."

꼭 이렇게 훈수를 두는 남자가 있다. 그리고 추성호가 옆에서 아무 말 없이 마 수사관에게 소주를 받아 마시던 남자를 째려 봤다.

"왜요?"

"박씨, 이 자리에서 그런 소리를 왜 해?"

"검사님이시라잖아. 억울한 것은 풀어야지."

억울?

뭔가가 있는 것 같다.

"검사님 바쁘신데 마누라 찾아주는 일까지 하실 시간이 있겠어?"

"저, 안 바쁩니다."

내 촉이 움직였다. 뭔가 있는 것 같다.

"예?"

"아이고, 이 자식아! 확실히 너는 전국구 오지랖이다."

지검장님이 소주 몇 잔을 마시고 자리에서 일어났다.

"가십니까?"

"간다. 내일 출근 늦으면 조인트 까일 줄 알아."

"예, 살펴 가십시오."

나는 지검장님께 90도로 허리를 숙여서 인사했다.

누가 보면 우리가 조폭처럼 보일 것 같다.

＊　　　　＊　　　　＊

"그렇게 된 겁니다."

추성호는 내게 자신의 억울한 사정을 말하고는 소주를 들이켰다.

새벽 한 시가 넘어가고 있어서 오 수사관과 마 수사관은 내 눈치를 보다가 집으로 갔다.

결혼을 하면 다 저렇게 되는 모양이다. 뭐 그래도 요즘은 정시 퇴근이 많아졌을 것이다.

사건이 많이 없으니까.

"팩트는 그러니까⋯⋯."

"팩트가 뭡니까?"

추성호가 나를 보며 물었다.

"중요한 건 아니고요, 결론은 밀항을 한 조선족 여자를 국제 결혼 소개소에서 소개시켜 줬고, 그것도 모르는 상태에서 결혼을 했다는 것 아닙니까?"

"그렇습니다. 사실 우리 은설이가… 흑흑흑!"

우락부락한 추성호가 여자의 이름을 부르며 울기 시작했다. 주정이 시작된 것 같다.

"추 씨 아내가 착하기는 했죠."

따지고 본다면 도망친 것은 아니었다.

불법 체류자로 출입국사무소 직원에게 검거되어 강제 추방됐다.

그리고 밀항을 했기에 형사 처분도 받은 것 같다.

"검사님!"

그때 눈물범벅이 된 추성호가 나를 불렀다.

"울지 마시고요."

"우리 그냥 살게 해주면 안 됩니까? 우리 그냥 사랑하게 두면 안 됩니까?"

"연락은 하시나요?"

"연락은 하죠. 연락을 하면 뭐 합니까? 한국으로 들어오지를 못하는데."

불법적으로 밀항했으니 정식적인 방법으로는 한국으로 들어올 수 없을 것 같다.

'팩트는 밀항이군.'

"보고 싶나요?"

"예, 보고 싶죠. 저희 어머니도 보고 싶어 합니다."

"추 씨 아내가 노망 난 추 씨 어머니의 똥오줌도 다 받아냈죠. 효부인데, 그런 것은 안 통하나 봅니다."

법은 엄정하다. 그리고 동정이 없다.

밀입국자이니 검거되면 강제 추방을 당하는 것이다.

"그걸 모르고 정을 준 추 씨가 병신이죠."

남자는 추 씨가 측은하다는 투로 말하며 다시 소주를 마셨다.

"누군 정 주고 싶어서 주나! 정을 줄 수밖에 없는 여자니까 주지!"

추성호가 버럭 소리를 질렀다. 정말 취했다.

'잠깐, 국제결혼 소개소에서 밀입국자를 소개시켜 줬다고?'

문득 이건 국제적인 인신매매일지도 모른다는 생각이 들었다. 그리고 사실 따지고 본다면 국제결혼 소개소에서는 손해 볼 일이 없었다.

여자만 충분하다면 돈이 되는 것이 국제결혼이고, 한국에 와서 돈을 벌어야 하는 조선족의 입장에서는 어떤 수를 써서라도 한국에 와서 돈을 벌어야 하니까.

'파볼 만하네.'

이 순간 나는 이번 사건의 핵심을 밀항과 인신매매로 포커스를 잡아야 한다는 생각이 들었다.

"추성호 씨!"

"예."

"아내 분, 보고 싶으시죠?"

"예, 보고 싶죠. 얼마나 예쁜지 모릅니다."

추성호의 말에 남자가 어이없다는 표정을 지어 보였다.

'안 예쁜 모양이네.'

하지만 아름다움의 관점은 지극히 주관적이다.

"어디에 있는지 압니까?"

"출감해서 용정에 있을 겁니다."

우선 정보를 수집하고 용정으로 사람을 보내야 할 것 같다. 그게 아니면 밀항을 하고 국제결혼까지 한 은설이라는 여자를 만난 후 증거를 잡고 수사해야 할 것이다.

'어떤 방법이 좋을까?'

고민스러운 순간이다.

만약에 내가 예상하는 그대로라면 후자가 더 좋을 것 같다. 그럼 증거는 바로 확보하지 못해도 대략적인 스토리(?)는 알 수 있으니까.

문제는 지검장님께서 나를 중국으로 출장을 보내줄지가 의문이다.

'안 되면 개인적으로 가지, 뭐.'

꼴통 짓 제대로 한 번 하고 조인트 한 번 까이면 된다.

"내일 검찰청으로 오세요."

"돈, 돈은 꼭 갚겠습니다."

검찰청으로 오라니까 추성호가 바로 겁을 먹었다.

"와이프 분 만날 수 있게 해드리겠습니다."

"정말입니까?"

작은 추성호의 눈이 커졌다.

"예, 오세요."

내 말에 조명득이 또 무슨 짓을 꾸미냐고 눈치를 보냈다.

하지만 저런 눈빛을 해도 내가 하는 일은 적극 돕는 조명득이다.

*   *   *

해운대의 전경이 내려다보이는 부산 해운대 호텔.

강솔미는 돼지처럼 비대한 남자 아래 깔려 신음 소리를 토해내고 있었다.

물론 그 교성은 가짜였다. 강솔미에게 이번 섹스는 일종의 접대와 같은 것이었다.

'끝날 때 됐네.'

강솔미는 벽에 걸린 시계를 봤다. 섹스를 시작한 지 3분 정도가 지났고, 벌써 돼지 같은 남자는 절정으로 향하고 있었다.

"아아아~ 아아아~"

그냥 건성으로 교성을 지르는 강솔미다.

정말 지루해서 껌이라도 씹고 싶었다.

"헉헉! 헉헉!"

"아아아아~"

"아아압!"

그렇게 소리를 지르다가 남자가 강솔미에게 쓰러졌고, 강솔미는 압사를 당할 것 같은 느낌이 들었다.

'접대도 힘드네.'

"좋았어?"

돼지 같은 남자가 강솔미의 몸에서 일어나며 물었다.

"휴우~ 죽는 줄 알았어요, 정말!"

물론 깔려서 압사당해 죽는 줄 알았던 강솔미다.

"흐흐흐! 그렇지. 시간이 중요한 것이 아니라 얼마나 강력한지가 중요하지."

이런 남자를 보고 여자는 병신이라고 한다.

"그런데 이렇게 박 사장님을 가평이 아닌 해운대에서 보니까 감회가 남다르네요."

"그런가?"

박 사장.

인천 짱깨라고 불리는 것들의 보스가 바로 이 박 사장이었다.

"저 잠깐만, 임신하면 안 되잖아요."

접대적인 측면이 강해서 강솔미는 콘돔을 쓰지 않겠다는 박 사장을 거부하지 않았다.

그래서 바로 자리에서 일어나 아무것도 걸치지 않은 상태로 사후 피임약을 가방에서 꺼내 물과 함께 마셨다.

"그런데 부산까지는 무슨 일이세요?"

"그냥 관광 왔다가 우리 솔미 씨 있다는 것 알고 전화했지."

"사업은 잘 되세요?"

"저번에 보내준 물건이 괜찮았어."

"잘 처리하셨나 보네요."

"특이 혈액형이라 돈이 좀 됐어."

"그럼 됐고요. 괜찮은 물건 있으면 또 보낼게요."

"이제는 물건 안 딸려서 괜찮아."

박 사장의 말에 강솔미가 묘한 눈으로 봤다.

"노숙자들은 쓸 만한 것이 없잖아요."

"그렇지. 그것들이야 하품이지."

"그런데요?"

"중국에서 직접 수입하고 있어."

"예?"

"군산에서 밀항 배가 가끔 뜨거든. 거기서 좀 고르면 돼. 요즘은 정말 돈 벌기 쉽다니까."

"아, 그렇군요. 나도 군산에 좀 가야겠네. 거기 알게 모르게 호구도 많고 돈도 많죠?"

"그렇지. 큰 배 선주 하나만 물어도 이런 곳에서 사업하는 놈보다 화끈하게 벌지."

"그럼 나도 군산이나 갈까?"

강솔미는 묘한 눈빛으로 말했다.

"솔미 씨."

"왜요?"

"나 충전됐네."

박 사장이 강솔미의 손을 잡아당겼다.

'돼지가 토끼 놀이 하려고 하네.'

그래도 오늘은 접대하는 날이라고 생각하는 강솔미였다. 그러니 박 사장이 토끼 놀이를 해도 몇 번이고 동참해 줘야 했다. 그러려고 박 사장의 전화를 받은 거니까.

그저 다른 방에서 기다리고 있는 강솔미의 기둥서방만 속이 부글부글 끓고 있었다.

"박 사장님."

"왜?"

"하기 전에 귀찮은 일 하나만 처리해 주세요."

"무슨 일?"

"옆방에 너무 찐따 붙는 새끼가 있는데, 꼴에 주먹질 좀 했다고 막나가네요."

"조폭이야?"

"예. 잘못 물었어요."

"흐흐흐! 내가 처리해 줄게. 가평으로 보내."

"예, 고마워요."

또 한 명이 강솔미 때문에 황천길로 향할 것 같다.

"다시 한 번 달려보자고."

"나 죽으면 어떻게 해요?"

"죽여줄게~"

그렇게 돼지 같은 박 사장은 다시 토끼 놀이를 시작했다.

'그럼 군산으로 가볼까?'

*   *   *

공해상.

중국 어선이 암호인 듯 불빛을 몇 번 깜빡이다가 배의 시동을 껐다.

"이제 기다리면 됨까?"

초조한 눈빛의 조선족 남자가 중국 선원에게 물었다.

"기다리면 되지. 곧 연락 온다."

"알겠소."

깜빡! 까아암빡아아악!

짧게 한 번, 길게 한 번.

그렇게 몇 번이고 저 멀리서 불빛이 깜빡이는 것이 보였다.

"왔네."

그렇게 어선 한 척이 다가섰다.

"일 없소?"

중국어선 선장이 소리쳤다.

"이런 날에는 해경도 순찰 안 한당께."

"배를 붙이시오."

그렇게 중국 어선과 한국 어선이 조심스럽게 배를 붙였다. 하지만 파도가 높아서 그런지 출렁이는 것이 무척이나 위험해 보였다.

"조심히 가요."

"알았소."

중국 어선 선장이 조선족을 봤다.

"동포 나라 가서 돈 많이 벌어 오시오."

"알았소. 고맙소."

"뭐 돈 받고 하는 일인데. 한국에는 눈 감으면 코 베어 간다니까 잘하시오. 친절한 한국 사람을 특히 조심하시오."

"알았소."

이렇게 밀항은 이루어졌다. 하지만 해경들도 순찰을 하지 못할 정도로 바다는 거칠기만 했고, 배에서 배로 이동을 하는 조선족들은 위험천만했다.

"나도 돈 많이 벌어 다시 오겠습니다."

그리고 중국 한족 한 명이 중국 선장에게 배를 넘어가며 뭐라고 말했다.

"쯧쯧쯧! 말도 안 통하는데……."

중국 어선 선장은 코리아 드림을 꿈꾸며 떠나는 한족 청년을 보며 혀를 찼다.

이렇게 밀항이 이루어지고 있었다.

"어어어! 아아악!"

풍덩!

그때 배를 건너뛰던 한족 청년이 배가 풍랑에 휘청거리자 그것을 이기지 못하고 바다에 빠졌다.

"살려주세요. 살려… 우푸! 우푸우우!"

"밧줄 던지라!"

중국 어선 선장이 소리를 질렀다. 하지만 밧줄을 던지기에는 바다에 빠진 중국 한족 청년은 너무 멀리 떠내려 가버렸다.

"이런 망할! 조심들 하시오! 바다에 빠지면 고기밥 되오!"

중국 선장이 소리쳤고, 배를 넘어서는 조선족들이 몸을 부르르 떨었다.

"어서어서 타시오."

그렇게 열두 명의 한족과 조선족들이 배를 옮겨 탔다.

철컥!

"우선 여기 들어가 있으면 됩니다."

"여기는 어창 아니오?"

"갑판에 있으면 발각됩니다. 여기까지 어렵게 왔는데 발각되어서 추방되고 싶습니까?"

한국 선장이 눈을 흘겼다. 어떤 면에서 조선족을 대하는 것은 중국 선장보다 못했다.

말은 동포라고 했지만, 한국 어선의 선장은 조선족들을 돈 이상으로는 보지 않는 것 같았다.

"할 수 없소. 조금만 참읍시다."

그렇게 열두 명은 좁은 어창으로 들어갔다.

＊   ＊   ＊

몇 시간 후.

조선족 밀항자들을 태운 배는 군산 항구에 도착했고, 그들은 급하게 배에서 내렸다.

이렇게 대담하게 밀항을 할 수 있던 것은 풍랑주의보 때문에 오늘은 해경 순찰선이 순찰을 나가지 못하기 때문이다.

"어서 내리고 잡혀도 우리 배 탔다는 거 말하면 안 됩니다."

"알겠소."

"어디 갈 곳은 있소?"

선장이 조선족에게 물었다.

"아직은 없소."

"그럼 좋은 일자리가 있는데 소개시켜 드릴까?"

선장이 야릇하게 미소를 보였고, 중국 어선 선장과 잠시 이야기하던 중년의 조선족이 한국 어선 선장을 봤다.

—한국에는 눈 감으면 코 베어 간다니까 잘하시오. 친절한 한국 사람을 특히 조심하오.

그 순간 중국 선장이 한 말이 떠오르는 중년의 조선족이었다.

"됐소."

그렇게 조선족 밀항자들은 급하게 군산 항구를 떠났다.

그리고 사실 조선족들이 이렇게 밀항을 하면 이미 합법적인 방법이든 이렇게 불법적인 방법이든 한국에 와 있는 아는 사람들에게 연락한다.

그러니 얼굴 한 번 본 한국 어선 선장의 말을 들을 필요가 없는 것이다.

*   *   *

"뭐? 시체가 밀려왔다고요?"

마 수사관이 경찰의 연락을 받고 내게 보고했다.

"그렇습니다. 시체가 그렇게 많이 불지 않은 것을 봐서는 어제 익사한 것이라고 합니다."

"어제요?"

"어제는 풍랑주의보가 발령됐는데?"

조명득이 나를 보며 말했다. 그 순간 내 머릿속에 떠오르는 것은 밀항이라는 단어였다.

"혹시 밀항?"

"그렇지. 밀항이지."

조명득이 밀항이라고 말했고 나도 동의했다.

"출동 준비하세요. 현장을 가봐야겠습니다."

"예, 검사님!"

추성호가 말한 그 밀항인 것 같다.

그렇다면 이 군산에 조직적으로 밀항을 알선하고 어선과 연계시켜 주는 조직이 있다는 의미이다.

물론 아직은 추측이지만 말이다.

"출동입니다."

나는 문을 박차고 나갔다.

*　　　　　*　　　　　*

군산 앞바다 앞 갯바위.

익사체가 밀려 온 것은 갯바위였다.

경찰들은 통제 라인을 치고 시체를 수습하고 있었고, 내가 도착하자 경찰들은 무슨 이런 일에 검찰이 나서냐는 눈빛으로 봤다.

"검사님 오셨어라?"

형사 하나가 내가 온 것을 보고 말의 끝에 물음표를 단 것 같은 어투로 말했다.

"안녕하세요, 지 형사님? 애가 고3이죠? 공부도 잘한다는데, 이러다가 우리 학교 후배 되는 거 아닌지 모르겠습니다."

내가 지 형사에게 아들 이야기로 시작하자 그런 것을 다 기억하느냐는 눈빛으로 바로 자신이 달았던 물음표를 떼는 것 같은 표정을 지어 보였다.

"그 새끼가 제 희망이지라. 그 아를 저도 검사님처럼 검사 시키려고요."

"수능 150일 정도 남았으니까 열심히 하면 될 겁니다."

"그라지라."

"신원은 확인됐습니까?"

"아무것도 없어요."

지 형사가 살짝 인상을 찡그렸다. 마치 귀찮은 일이 생겼다는 눈빛이다.

"선원 중에 해상 실종된 선원이 있다고 신고된 것 있습니까?"

"없습니다. 익사체에 신분증도 없고 아무것도 없습니다."

의심스러운 순간이다. 추성호의 이야기를 듣고 나는 지금 이곳으로 떠밀려 온 익사체가 밀항자라는 생각을 하고 여기로 왔다.

"부검해 보면 알겠죠."

"그라지라."

"오 수사관님!"

"예, 검사님!"

오 수사관은 어제 마신 술 때문에 피곤이 절어 있는 표정으로 내게로 왔다.

"이거……."

나는 주머니에서 우루소와 박가스 한 병을 꺼내 건넸다.

"검사님!"

"애들 따라다니다가 순직하시겠네."

물론 애들은 나와 조 수사관을 말하는 것이고, 내 스스로 오 수사관에게 나를 낮추니 오 수사관은 그저 감격스러운 눈빛을 보였다.

사람을 챙기는 일.

그게 가장 중요한 업무일 것이다.

"잘 먹겠습니다. 어제 마누라한테 엄청 구박 받았습니다. 하하하!"

"그러실 겁니다."

"익사체, 국과수에 부검 의뢰하세요."

"검사님!"

그때 지 형사가 일을 크게 벌이는 것 아니냐는 눈빛으로 나를 보며 불렀다.

"예, 지 형사님!"

"…그냥 단순 익사자일 수 있습니다."

뭔가 걸리는 것이 있어서 저런 말을 하는 것 같다.

"아니시라면 어떤 것이 떠오르죠?"

"그게요……."

지 형사가 살짝 주변의 눈치를 살폈다.

지방 경찰들은 무슨 사건이든 일이 크게 번지는 것을 싫어한다. 일이 많아진다고 월급을 더 주는 것이 아니니까.

"저는 밀항이라는 단어가 떠오르네요."

"저도 그렇기는 한데 며칠 동안 풍랑주의보라서 밀항선도 못 떴을 겁니다."

"조 수사관님!"

"예, 검사님!"

조명득이 입맛을 다시며 자신한테 줄 우루소는 없냐는 눈빛으로 뛰어왔다.

사실 내가 처음 군산에 부임했을 때 내가 부르면 수사관들이
뛰어오는 모습을 보고 형사들이 놀란 표정을 지어 보였다. 아니,
검사와 함께 세 명의 수사관이 같이 지방 순환 보직으로 내려왔
다는 것부터 놀란 것 같다.

"그런데 오 수사관님."

"예?"

"왜 오셨어요?"

오 수사관은 형사1과 수사관이다.

"검사님께서 별일 없다고 하셔서 와봤습니다."

"그러다가 찍히세요."

"찍히면 형사 2과로 바꿔주겠죠. 하하하!"

끈끈한 의리.

어떤 면에서 나는 검찰청에 나만의 조직을 만들고 있는 것인
지도 모르겠다.

"검사님!"

조명득이 불러놓고 왜 멍 때리게 만드느냐는 눈빛으로 나를
불렀다.

"아~ 예, 조 수사관님은 지 형사님이랑 항만 인근과 터미널
주변 CCTV 영상 확보해서 검찰청으로 오세요."

"예, 알겠습니다."

"마 수사관님은 국과수에 부검 의뢰하시고요."

"지금 의뢰하면 며칠 걸립니다."

"그건 제가 알아서 할게요. 익사체 서울로 보내세요."

"예, 알겠습니다."

신원 파악이 안 되는 익사체가 떴다.

그리고 내 머릿속에 떠오르는 것은 밀항이다. 어제나 그제는 그 어느 날보다 풍랑이 심했다. 해경선도 뜨지 못할 정도니까. 그런 날에 목숨을 걸고 밀항선이 뜬다.

고기를 잡으러 나가서 만선을 해오는 것보다 사람을 잡아 태우는 것이 더 많은 이익이 남을 테니까.

"검사님, 요즘 한가하신 모양이네요."

쥐같이 생긴 유승우 형사반장이 이죽거리는 투로 내게 다가와 말했다.

"예, 저 한가합니다."

"단순 익사 사고인데 판을 크게 벌일 필요가 있습니까?"

꼭 저런 인간이 있다. 내 일을 방해하는 인간 말이다.

"부검해 보면 알겠죠. 단순 익사인지 아니면 다른 사건과 함께 물에 빠진 건지."

"하여튼 오지랖이 엄청 넓으십니다. 이런 사고 현장까지 오시고."

사건과 사고는 분명 다른 것이다. 유 형사반장은 이번 일을 사고라고 말했다.

물론 사고와 사건은 한 글자 차이다.

오해와 이해가 한 글자 차이인 것처럼 말이다.

"원래 제가 오지랖이 넓습니다. 하하하!"

저런 인간은 상대하기 싫다.

그리고 사실 저 인간에 대해 내사를 하고 있다. 군산경찰서 내사과에서도 내사를 형식적으로 하는 것을 알고 있지만, 그건 자기 사람 감싸기이다.

의혹이 제기됐으니 그냥 하는 것이다.

게다가 범죄자들과의 유착 관계가 포착됐다.

하지만 지금은 그 문제를 털 때가 아니었다. 나중에 유 형사 반장을 털 시간은 많으니까.

"그럼 지시한 그대로 움직여 주십시오."

"예, 검사님!"

"지 형사님!"

그때 유 형사반장이 살짝 비꼬는 투로 지 형사를 불렀다.

여기서 지랄 같은 계급이 나온다. 유 형사반장은 경찰대학 출신으로 30대 중반이지만 경위다. 하지만 지 형사는 순경부터 시작해서 이제 경사다.

나이는 지 형사가 더 많지만 상급자가 부르는 것이라 바로 가야 했다.

"예, 반장님!"

"당신, 경찰입니까, 검찰입니까?"

대놓고 나 들으라고 하는 소리다.

물론 안 들리게 살짝 이야기하는 척했지만 말이다.

"예?"

"사건도 많아 죽겠는데 서울 올라가려고 사건 만드는 검사 따 까리는 그만하라는 거지."

살짝 반말을 했다.

아무리 대한민국의 예절이 무너진 지 오래라고는 하지만 열 살도 더 많은 지 형사에게 저러는 것이 역겹다.

'유 반장이 나를 의식하네.'

내가 보기에 유 반장은 군산이 변하는 것이 싫은 것 같았다. 군산에서 범죄자들의 왕 노릇을 하고 싶은 것이다.

군산경찰서에서 가장 실적이 좋은 경찰도 유 반장이었다.

'거래가 있나?'

형사와 범죄자는 거래를 한다. 그리고 형사와 조직도 은밀하게 거래를 한다.

그래서 나는 범죄자와의 유착 관계가 포착된 유 형사가 마음에 들지 않았다.

"예, 알겠습니다. 그냥 설렁설렁 비유를 맞춰주는 겁니다. 검사잖아요. 타지인이고."

이래서 연륜이라는 것이다.

지 형사는 나와 친밀감을 보이면서도 형사 조직에서 문제를 만들지 않았다.

"그래요?"

"예, 걱정 마십시오. 타지인이라는 거 압니다."

"그러니까요."

유 반장이 나를 보며 피식 웃었다.

'저 새끼, 끝로 파봐야겠네.'

내 촉이 유 반장은 비리 경찰이라고 말하고 있었다.

*　　　　*　　　　*

검찰청 검사실.

검사실에는 처음인지 추성호가 잔뜩 겁을 먹은 듯 두리번거렸고, 나는 그 모습이 어제와 꽤나 다르다는 생각에 미소를 머금었다.

'순박한 사람이기는 하네.'

날 때부터 악인이던 사람은 없다.

단지 악인으로 향하는 사람만 있다.

자신의 욕망과 탐욕 때문에, 그리고 분노와 절망 때문에.

"미스 선, 커피 좀 부탁드려요."

서울지청에서는 내게 사무관이 배속됐는데, 지방 검찰청이라 사무관이 아닌 행정 여직원 한 명이 내게 배속됐다. 그리고 그 여직원이 자신을 미스 선이라고 부르라고 해서 그렇게 불렀다.

"예, 검사님!"

그러고 보니 미스 선은 참 후덕하게 생겼다.

다이어트를 하면 엄청 예쁠 것 같지만, 먹는 것을 보니 다이어트와는 담을 쌓은 것 같다. 건강미가 과한 사무직이시다.

"이런 곳 처음이죠?"

"예, 처음입니다. 그렇게 죄를 많이 짓고 산 적이 없어서……."

평범한 사람들은 대부분 경찰서에도 가본 적이 없다.

그러니 이런 검사실에 오게 되면 더 긴장될 것이다.

"피의자나 참고인으로 오신 것은 아니니까 긴장 푸세요. 지은 죄가 없으면 검사를 무서워할 필요 없습니다."

"그래도 주눅이 드네요."

"그렇습니까? 국제결혼 소개소에 대해서부터 이야기를 좀 해보세요."

커피가 도착하자 추성호는 긴장감을 풀겠다는 듯 커피를 호호 불어서 마셨다.

"국제결혼 소개소요?"

"예. 결국 사기 결혼 당하신 거잖아요."

순간 추성호의 눈빛이 찰나지만 떨렸다.

그리고 다시 내 시선을 피하려는 듯 커피를 마셨다.

'뭔가 있다.'

사람은 말로는 다른 사람을 속여도 눈빛으로는 잘 속이지 못한다.

자신의 눈빛까지 속일 수 있는 사람은 타짜거나 뛰어난 사기꾼이다.

"불법밀항자나 불법 체류자를 정상적인 외국인이라고 속여 결혼소개소에서 소개했고, 그에 따른 수수료를 받았다면 업무상 사기입니다."

"…그게요……."

뭔가 눈치를 보는 것 같다.

"괜찮습니다. 지금 하시는 말씀은 그 어떤 것도 증거나 문제를 만들지 않겠습니다."

"그러니까… 그게요, 검사님!"

*   *   *

"아셨다고요?"

놀라운 순간이다. 추성호는 은설이라는 여자가 밀항자라는

것을 알고 결혼, 아니, 동거를 시작했다는 것이다

'결혼소개소가 밀항자 인신매매까지 하는 거 아냐?'

의혹이 증폭되고 있다.

"네, 알았습니다. 정상적인 통로로 국제결혼을 하면 돈이 어마어마하게 깨지거든요."

"그 은설 씨도 동의했고요?"

"예, 동의했죠. 갈 곳이 없다고 해서……."

말은 그렇게 했지만 결혼소개소가 밀항자 인신매매까지 한다면 감금이 없었다고 말하는 것 자체가 이상하다.

'…점점 더 사건이 커지고 있네.'

"그러다가 군산 외국인 출입국사무소 직원에게 은설 씨가 잡힌 거군요."

"예, 임신도 했었는데……."

순간 눈물이 그렁그렁해졌다. 내가 알고 있는 외국인 출입국사무소 직원들은 거칠다. 아니, 잡혀가지 않기 위해 불법 체류자들이 발악하기에 거칠어질 수밖에 없다.

아마 그런 과정에서 유산을 한 것 같다는 생각이 들었다.

"보고 싶으시죠?"

"예, 보고 싶죠."

"사진 있습니까?"

"여기요."

추성호가 바로 지갑에서 은설의 사진을 꺼내 내게 보여줬다.

'와! 우리 미스 선은 허약체질이네.'

못생긴 것은 아닌데 꽤나 뚱뚱하고 키가 작았다.

물론 여자를 외모로 판단해서는 안 되지만 이 사진만 보면 추성호가 정말 은설이라는 여자를 사랑했다는 생각이 들었다.

물론 이건 내가 재수 없는 남자의 관점에서 여자를 보기 때문이겠지만 말이다.

"수사에 적극 협조해 주시면 제가 돕겠습니다."

"정말요?"

추성호의 눈동자가 반짝였다.

"예, 추성호 씨. 제가 도와드리겠습니다. 사랑하시면 같이 사셔야죠."

"감사합니다, 검사님! 감사합니다!"

추성호가 내게 몇 번이고 머리를 조아렸다.

"국제결혼 소개소 이름이 행복한 국제결혼 소개소죠?"

"예, 맞습니다. 맞고요."

"우선 그 국제결혼 소개소를 상대로 사기로 고소를 해주셔야겠습니다."

"…예?"

추성호가 나를 보며 멍해졌다.

"그렇게만 해주시면 은설 씨를 추성호 씨의 품에 안겨 드리죠."

물론 서로 감격의 포옹을 한다면 추성호가 은설의 품에 안기는 것이 더 자연스러울 것 같지만 말이다.

"정, 정말요?"

"예."

"하지만 저도 이미……."

"정확하게는 모르셨잖아요."

나는 추성호를 보며 씩 웃었다.

'우선 하나 제대로 틸 수 있을 것 같군.'

물론 성과를 위해서 이러는 것은 결코 아니다.

아무리 생각해도 이건 큰 건수라는 생각이 들었다. 그래서 오지랖을 넓히고 있는 것이고.

"미스 선!"

"예, 검사님!"

"추성호 씨에게 고발장 작성하는 법 좀 자세하게 알려주세요."

"예."

항상 밝다. 저분은 뚱뚱하기는 하지만 이 사무실에서 활력을 주는 꽃이다.

내면이 아름다운 꽃 말이다.

"이리로 오세요, 추성호 씨!"

"…예. 제, 제가 귀신한테 홀린 것 같네요."

그렇게 추성호는 내 강요(?)에 의해 행복한 국제결혼 소개소를 사기로 고소했다.

하지만 바로 틸 생각은 없다. 이것저것 많은 것이 확보된 후에 틸 참이다.

'서해안에는 섬이 많지.'

나도 모르게 인상이 찡그려졌다.

제6장

고수 이파리 한 장

국과수에 익사체를 보내고 조명득과 오 수사관, 그리고 지 형사는 CCTV를 확인하기 위해 비디오 판독을 하고 있고, 마 수사관은 내가 따로 시킨 일을 위해 외근을 나갔다. 아마 3일 동안의 장기 출장이 될 것이다.

'낚시꾼 같으니까.'

내 촉이 움직이고 있다. 분명 이건 작은 사건이 아니었다.

"눈 빠지겠당께."

지 형사가 눈이 침침하다는 듯 투덜거렸다.

"별 특이한 것은 없는 것 같네."

"정말 집중이 안 되네요."

조명득도 CCTV 확인에 집중하지 못하는 것 같다. 그리고 나는 서류를 확인하고 있었다.

군산시 소재에 있는 섬들을 확인했는데, 그 섬에 어떤 일이 있었는지 알아보고 있다.

그리고 추성호가 말한 행복한 국제결혼 소개소와 다른 국제결혼 소개소에 대해서도 확인했다.

'이거 돈 놓고 사기 치기네.'

합법적이 국제결혼 소개도 문제가 많다는 것을 파악했다. 이건 어떤 면에서 불공정 거래라고 할 수 있었다.

그리고 또 국제적인 신부 매매처럼 느껴졌다. 그런 상황에서 위장 결혼의 흔적을 찾고 있다.

'국제결혼 소개소는 양쪽에서 돈을 벌겠네.'

머리를 쓰면 돈이 나올 곳이 많다는 것을 알았다. 그리고 국제결혼 소개소는 순진한 농어촌 청년들에게 돈을 받고 소개시켜 주고 있는 것 같다. 그리고 국제결혼을 위해 중국으로 떠나는 것 같다.

물론 그 경비 일체를 신부를 찾는 농어촌 청년들이 부담하는 것이다. 물론 이건 합법적이다. 찾아보면 편법이 있겠지만 말이다.

"이거 언제까지 봐야 합니까, 검사님?"

"CCTV 동선을 따라서 어색하게 행동하는 사람을 찾으세요."

"예, 찾고 있습니다."

지 형사가 짧게 말했다.

"집중이 안 되면 야동이나 한 편 보시거나 담배나 한 대 피우세요."

지루할 것 같다. 그래서 농담을 했다.

"야동요?"

"예."

"…있어야 보죠."

지 형사의 말에 나는 피식 웃었다.

"그럼 담배나 한 대 피우고 오세요."

"예, 검사님! 가시죠, 오 수사관님."

지 형사와 오 수사관은 어느 순간 친구가 되어버린 것 같다.

"그럽시다."

"그러지 마시고, 지 형사님."

나는 오 수사관과 같이 나가려는 지 형사를 불렀다.

"예, 검사님."

"CCTV 확인이 지겨우면 행복한 국제결혼 소개소 소장 참고인 조사 통보나 하고 오십시오."

이미 추성호는 고소장을 접수해 놓은 상태이다.

"증거를 잡을 때까지 내사 아니었습니까?"

지 형사가 이해가 안 된다는 표정으로 내게 되물었다.

"압박을 받아야 실수를 하죠."

"예?"

"다녀오세요. 참고인 조사 정도로 임의동행 요청하시고요. 임의동행은 꼭 할 필요 없다고 설명해 주세요."

"참… 저는 이해가 안 되네요."

"원래 다 그런 겁니다."

나는 지 형사를 보며 씩 웃었다.

'위협을 느끼고 튀면 바로 구속수사고, 단속을 하면 꼬리를 잡

을 수 있다.'

*　　　　*　　　　*

지검장실.

"바로바로 좀 해줘."

지검장은 국과수 과장에게 청탁(?)을 넣고 있었다. 시체 부검
이 하루 이틀 만에 되는 것이 아니고 밀린 부검이 줄을 서고 있
기에 이렇게 청탁 아닌 청탁을 하는 것이다.

―순서가 아주 많이 밀려 어렵습니다, 지검장님.

"부탁 좀 하자."

―순서가 있잖아요. 나중에 한잔 제대로 살게.

"안 된다니까요."

―너, 높은 자리에 있다고 이럴래?

청탁으로 안 되니 떼를 쓰는 지검장이다.

―또 생떼를 쓰시려는 겁니까?

"생떼가 아니라 우리가 다 같이 나랏일 하는 거잖아."

―다른 부검도 다 나랏일 하는 겁니다.

"알아! 안다고! 이거 큰 건이다. 아주 커어어어!"

지검장은 인상을 찡그렸다

―그래도…….

"야! 내가 너 결혼식에 부주를 얼마나 했는지 알아?"

―아니, 10년 전 이야기를 왜 꺼내십니까?

"그러니까. 부탁할게."

─알겠습니다. 이번이 마지막입니다.

"고마웡~"

말은 그렇게 했지만 지검장은 인상을 찡그렸다.

"하여튼 이 망할 놈의 오지랖, 아무 일도 아니면 아주 작살을 내놓겠어."

사실 지검장이 이렇게 청탁을 넣는 것은 박동철이 사정사정해서 어쩔 수 없이 한 일이다.

순서를 기다리면 된다고 했는데도 자신에게 생떼를 썼다. 그래서 자신도 생떼를 쓸 수밖에 없었다.

"우리 똥철이가 그냥 막가는 놈은 아닌데……."

막무가내로 떼를 쓰는 거라면 무시하겠는데 박동철이 자신에게 설명한 것이 근거가 있다는 생각이 들었다.

"그게 50퍼센트만 팩트면 아주 커!"

지검장이 인상을 찡그렸다. 하지만 일을 너무 크게 벌리는 이가 박동철이라는 것도 걱정이 되는 지검장이다.

                *   *   *

행복한 국제결혼 소개소 사무실.

"이번에는 몇 명 들어오지?

행복한 국제결혼 소개소 소장이 경리에게 물었다.

"열세 명이네요."

"인천국제공항에서 오지?"

"그러네요."

"그중에서 몇이나 튀냐?"

"여섯 명이요."

"두 당 천이니까 그냥 6천 버는 거네."

놀라운 사실은 행복한 국제결혼 소개소 소장은 국제결혼을 하기 위해서 오는 신부들에게도 돈을 받고 있었다. 그리고 일부 중국 조선족과 한족 신부들은 공항에서 바로 가출을 감행했다.

국제결혼 소개소 소장에게 돈을 주고 위장 결혼을 하는 여자들이고, 그 여자들은 바로 국제공항에서 사라져 버리는 것이다.

물론 일부 군산 노총각들이 당하는 일이지만 또 일부는 처음부터 위장 결혼 계약서를 쓰고 돈을 받는 남자들도 있었다.

"나갈 돈이 400씩이니까 이번 달에 그냥 들어오는 돈만 3,600이네요. 호호호! 정말 당신은 돈 버는 재주가 비상하다니까요."

경리가 소장에게 당신이라고 말했다. 부부관계인 것 같다.

"내가 말했잖아. 이건 돈도 안 놓고 돈 먹는 일이라고."

"그러네요. 그런데 여보."

"왜?"

"저번에 밀항한 애들 중에……."

"쉬!"

"밤 말은 쥐가 듣고 낮 말은 새가 듣는다고 했어."

"아~ 실수! 하여튼 걔들, 잘살고 있겠죠?"

"그러어어멈~ 중국에서보다야 잘살지."

"그게 돈이 되는데. 쩝!"

"자주 있나, 그런 횡재가? 욕심 부리면 안 돼."

"그건 그렇고, 요즘에는 그 망할 놈의 추 씨가 안 오네요."

"그러게. 잠잠하네."

추성호는 술만 취하면 국제결혼사무소에 와서 행패 아닌 행
패를 부렸다.

하지만 그 행패도 술이 취할 때나 하는 일이라서 그렇게 신경
쓰지 않는 부부였다. 그리고 알면서 계약한 것이니 어디서 말을
안 할 거라고 확신했다.

똑똑! 똑똑!

그때 누군가 노크를 하더니 문을 열고 두 부부를 봤다.

"누구시죠?"

문을 열고 들어서는 사람은 둘 중 하나다. 국제결혼을 하고
싶어서 찾아오는 고객이거나, 아니면 신부가 도망쳐서 깽판을 치
려고 오는 사람이다.

그리고 이렇게 노크를 하고 들어오는 사람은 전자인 경우가
많았다.

"여기 앉으세요."

경리가 상냥하게 말하며 자리를 권했다.

"안녕하십니까? 군산경찰서 지동욱 경사입니다."

지긋한 나이의 지 형사가 자신을 경찰이라고 소개하자 소개
소 사장은 표정이 굳었다.

"예?"

"표창우 씨 당신은 사기 혐의로 고소를 당하셨습니다. 묵비권
을 행사할 수 있고 변호사를 선임하실 수 있지만……."

"이, 있지만?"

"지금은 참고인 조사로 소환되실 겁니다."

"예?"

"같이 가시죠."

지 형사의 말에 국제결혼 소개소 남자는 표정이 굳었다.

"누, 누가 나를 고소했죠?"

"추성호 씨가 사기로 고소했습니다."

"뭐라고요?"

경리가 버럭 소리를 질렀다.

"왜 그러시죠? 그 인간, 염치가 없네. 거의 공짜로 마누라 구해 줬으면 고마워하지는 못할망정……."

쿡쿡!

그때 소개소 소장이 경리의 옆구리를 찔렀다.

"지금 동, 동행해야 합니까?"

"참고인 조사이기 때문에 임의동행입니다. 임의동행에 동의해 주시면 됩니다."

"거부하면요?"

표창우가 지 형사의 눈치를 보며 물었다.

"동행하실 필요가 없습니다."

순간 표창우는 이상하다는 생각이 들었다. 경찰이 이렇게 친절한 적이 없다.

그런데 지 형사는 무척이나 친절했다.

'이거 뭐야? 봉투를 원하나?'

그리고 표창우는 어느 정도 경찰이 자신이 하고 있는 일을 짐작하고 있다는 생각이 들었다.

'어쩌지?'

표창우에게는 정말 고민되는 순간이었다.

"임의동행 요청에 응하시겠습니까?"

"아니요. 변호사에게 물어봐야겠네요."

"예, 알겠습니다."

지 형사는 더 이상 말하지 않고 돌아섰다.

"아직은 용의자 신분이니 거주지 이탈을 마십시오."

"…예."

"그럼 이만."

그렇게 지 형사는 CCTV 확인을 지겨워했고, 박동철에게 다른 임무를 받고 행복한 국제결혼 소개소 소장을 만났다.

그리고 이렇게 헛걸음한 것처럼 행동을 하고 사무소에서 나왔다.

"저거 나이 처먹고 병신 아니야?"

표창호는 순간 어이가 없었다.

사실 표창호는 사기 전과가 꽤 있는 범죄자 출신이었다. 그저 머리가 비상했기에 이렇게 국제결혼사무소를 차려놓고 농어촌 노총각들 등을 치고 있었다.

"어떻게 해요?"

"튈까?"

"그럼 지명수배 떨어지잖아요."

"…그러네."

표창호가 인상을 찡그렸다.

*　　　　*　　　　*

국제결혼사무소 밖 도로.

"헛소리를 해놨습니다."

지 형사는 왜 이런 일을 지시하는지 박동철의 의중을 알 수가 없었다.

하지만 지시한 일이니 시키는 그대로 했다.

―위기를 느끼면 도주하거나 단속을 하겠죠.

"단속이라고요?"

―예, 그런 것이 있습니다.

＊　　　　＊　　　　＊

고급 요정.

아직 군산에는 이런 고급 요정이 있었다.

일명 방석집이라고 하는데, 한 상차림에 얼마, 이런 식으로 팔고 여자가 따라붙는 그런 술집을 말한다.

"유 형사님, 어떻게 좀 해보세요. 서울에서 내려온 그 검사 새끼가 여기저기 들쑤시고 있어서 영업하기 힘듭니다."

사실 박동철 검사는 여러 가지 사건을 배당 받았고, 특히 성매매에 관련된 사건도 배당 받은 상태였다.

그리고 박동철의 특성상 여기저기 들쑤시고 다녔기에 포주들의 입장에서는 죽을 맛이었다.

그리고 자기들끼리 생각으로는 그래도 말이 통하는 유 반장을 만나서 어떻게든 해결해야 한다고 생각했다.

사실 검사들이 새롭게 부임해 오면 제일 먼저 건드리는 것이 포주들이었으니 시간이 좀 지나면 해결되는 것을 알고는 있지만 그 안에 몇이 딸려 들어갈지 모른다고 생각했다. 그런 상황을 포주들은 재수 없게 걸렸다고 표현했다.

　"알았다고. 나도 사정 잘 아는데, 말이 통해야 말을 하지."

　유 반장도 인상을 찡그렸다.

　"그리고 사실 우리를 조진다고 우리 같은 포주들이 사라집니까? 우리가 관리를 해야 년들이 깨끗하고 다른 사고가 안 생깁니다."

　"안다고."

　"저희 딸려 들어가 봐야 또 다른 놈 생깁니다."

　"알았다고."

　다시 한 번 유 반장은 짜증스러운 표정을 지었다.

　"그리고 이거……."

　"우리 이런 거 안 받는데……."

　창녀촌 포주들이 유 반장에게 묵직한 봉투를 내밀었다.

　"돈 아닙니다. 그냥 재래시장 상품권하고 백화점 상품권 조금 넣었습니다. 재래시장이 살아야 농어민이 살죠."

　포주 대표의 말에 유 반장은 못 이기는 척 묵직한 봉투 안을 보더니 씩 웃고 주머니에 넣었다.

　"나눠서 잘 쓸게."

　"그러십시오. 잘 부탁드립니다. 우리 잡아봐야 또 생깁니다."

　"잘못하는 거 없으면 그만이지 않나?"

　"그렇죠. 코에 걸면 코걸이고 귀에 걸면 귀걸이잖습니까?"

"하여튼 적당히 해라. 인신매매 안 되는 거 알지? 감금 안 되는 거 알지?"

느글거리던 유 반장의 표정이 변했다. 뇌물은 받아도 선을 분명하게 정해놓은 것 같다.

"그럼요. 알죠. 유 반장님이 안 된다는 것은 절대 안 합니다."

"너무 막나가지 말고."

"예, 알겠습니다."

"소나기는 피해야 하는 법이야. 비록 서울에서 사고를 치고 내려왔지만 유명하더라고요."

"아~ 그렇습니까?"

"풀 배팅이라고."

사실 포주들이 유 반장을 찾아온 것은 박동철 검사와 대놓고 반목한다는 소문이 돌았기 때문이다.

그리고 사실 검사가 아무리 파워가 있어도 일선에서 일하는 경찰들이 협조하지 않으면 성과를 올리는 것이 어렵다는 것을 포주들도 잘 알고 있었다.

그래서 유 반장과 더욱 가까워져야 한다고 생각했고, 이런 자리를 마련한 것이다.

"풀 배팅이라고요?"

"그래, 풀 배팅~"

유 반장이 인상을 찡그렸다.

"조심하겠습니다."

"항구파 애들은 어때?"

"그 새끼들 때문에 요즘 죽을 맛입니다."

포주 대표가 죽는 소리를 했다.

"왜?"

"허구한 날 공짜 떡을 치려는데, 더럽고 치사해서. 그러고 보면 저희가 동네북입니다."

"북?"

"예. 쩝!"

"다 그렇지. 떡 사업 하면 떡 되는 거지."

"하하하! 재미있게 말씀하시네요."

"요즘도 밀수 한대?"

밀수에 관한 것은 해양경찰 소관이었다.

"언제 그것들이 안 한 적 있습니까? 밀수가 주업인데."

"요즘은 뭐를 밀수한대?"

유 반장이 장난스럽게 묻고 소주를 마셨다. 그 순간 포주들의 눈빛이 찰나지만 변했다.

"짝퉁이나 밀수할 겁니다. 그쪽 경기도 말이 아닌 모양입니다. 그러니 공짜 떡을 치려고 그 난리죠."

"그러네."

"하여튼 잘 부탁드립니다. 그냥 그러지 말시고 박동철 검사 데리고 한번 오십시오. 저희가 제대로 세팅해 놓겠습니다."

"같이 떡이나 치라고?"

"헤헤헤~ 다 그런 거 아니겠습니까?"

탁!

유 반장이 마시던 소주잔을 상에 내려치듯 내려놓았다.

"내가 그 새끼 시다바리인 줄 알아!"

유 반장이 버럭 소리를 지르자 포주들이 주눅이 들어 눈치를 봤다.

"죄송합니다. 그런 뜻이 아니라……."

"알아. 말이 그렇다는 거지. 워낙 꽉 막혀서 말이 안 통하는 거지. 내가 말은 한번 해볼게."

"감사합니다. 저희는 유 반장님밖에 없습니다."

포주들의 말에 유 반장이 피식 웃었다.

"이런 자리에 오래 있어봐야 좋을 것 없고, 나는 그만 일어납니다."

"벌써요?"

"요즘 경찰서에서 나를 내사한다네. 히히히!"

그 말에 포주들의 표정이 굳었다.

"정말입니까?"

"걱정할 것 없습니다. 이런 거 혼자 먹은 적 없으니까."

"아, 그러시죠. 맞습니다. 뭐든 혼자 먹을 때 탈이 나죠. 그래도 준비한 것이 많은데……."

"저는 여기서 구멍이 되는 거 싫거든요. 마누라한테 혼나요."

그렇게 유 반장은 자리에서 일어났다.

*   *   *

국과수 부검실.

군산 갯바위까지 밀려온 익사자가 부검실로 들어오고 있었다.

"오늘 이거 아닌데?"

부검 담당의가 부검할 시체를 보고 살짝 인상을 찡그렸다.

"자살한 그 아가씨는 다음 순번으로 밀렸습니다."

"왜?"

"왜, 섭섭하십니까?"

익사자의 시체를 가지고 온 국과수 직원이 농담처럼 물었다.

"내가 변태로 보여?"

"예."

국과수 직원의 말에 부검의가 피식 웃었다.

"너도 이런 곳에서 시체 부검만 주구장창 해봐라. 시커먼 시체보다야 뽀얀 시체가 더 좋지."

"그러시니까 변태라고 하는 겁니다."

"이거 맨 정신으로는 못한다."

"알죠. 그래서 이해합니다. 그래도 제일 잘하시잖아요. 빠뜨리는 것 없이 하시잖아요."

국과수 직원의 말에 부검 담당의가 피식 웃었다가 표정이 차분하게 변했다.

"우리가 놓치면 죄인이 무죄가 되고, 죄 없는 시민이 죄인이된다. 그리고 죽은 사람도 범인 못 찾아서 억울하고."

"그렇죠. 사명감 없으면 못하시죠."

"그러니까."

"시작하시죠."

"그래, 볼까?"

쫙!

목까지 덮인 흰 천을 벗기고 부검의가 익사자를 봤다.

"퍼런 것이 익사네."

"그건 쓰여 있고요."

"알아, 인마! 시작해 보자."

*   *   *

"폐에 물이 차 있고 그 속에 바닷물에서 사는 플랑크톤이 있는 것을 보니 익사는 확실하네."

보통 익사자자가 오면 제일 먼저 폐를 검사한다. 여기서 중요한 것은 바다에 빠져 죽은 사람은 폐에 물이 차지만 딴 곳에서 살인을 당한 시체는 폐에 물이 차지 않는다. 그래서 그것부터 확인하는 것이 가장 기본 중의 기본이었다.

"바다에서 군산 갯바위까지 떠밀려 왔다고 하네요."

"신원 조회도 안 되고?"

"예."

"중국 선원인가? 아니면 예전에 북한에서 떠내려 온 시체도 있었잖아. 뭐 고난의 행군인가, 그때도 꽤 떠내려 왔지."

"그럴 수도 있죠."

"그럼 이제 본격적으로 해봅시다. 누구신지는 모르시겠지만 억울한 일이 있으면 우리가 다 해결해 줄 테니 속을 조금만 보여 주십시오."

부검의는 마치 익사자가 살아 있는 것처럼 말했다.

"할 때마다 꼭 그러십니다."

"이렇게 존중해 줘야 우리한테 뭔가를 준다니까.

"하여튼 변태는 확실하신 것 같습니다."

국과수 직원이 그렇게 말하고 날카로운 메스를 부검의에게 건네자 부검의는 바로 익사자를 개복했다.

검은 피가 꿀렁거리며 흘러내렸다. 하지만 이미 죽은 시체라 그런지 조금 흘러내렸다가 멈췄다. 혈액이 안에서 굳은 것이다.

"핵심은 뭐야?"

개복을 하던 부검의가 국과수 직원에게 물었고, 국과수 직원은 이런 부검을 매일 보지만 적응이 안 된다는 표정으로 인상을 찡그렸다.

"적응이 아직 안 돼?"

"이게 적응이 되면……."

"변태가 되는 거지. 핵심 키워드가 뭐야?"

"신원 확인이죠."

"그러니까?"

"어디 사람인지 확인해 달랍니다."

"그럼 위만 확인해 보면 되네."

부검의는 바로 위를 절개했다.

*   *   *

"이게 뭔지 알아?"

부검의가 위에서 아직 소화가 되지 않은 이파리 한 장을 핀셋으로 집어서 국과수 직원에게 말했다.

그리고 부검의는 마치 신원을 확인했다는 눈빛을 보였다.

"풀 같네요."

"풀이기는 하지. 그런데 한국 사람은 이런 풀 안 먹어."

"예?"

"이게 고수라는 건데, 향신료로 쓰이거든."

"고수요?"

"그래. 주로 중국 사람들이 먹지. 향이 아주 이상해."

"그럼 이 남자가 중국 사람이라는 겁니까?"

"그게 아니면 절대 고수 향에 적응할 수 없는 한국 사람이 고수의 향에 적응해서 이파리째 먹었던가."

"그렇게 향이 이상합니까?"

"처음 먹는 사람은 그냥 토해 버려."

"그 정도란 말씀인가요?"

"그래서 결론은 이 사람, 한족이야. 중국인이라는 거지."

결국 부검을 통해 박동철이 원하는 답이 나왔다.

"그럼 중국인 선원일까요?"

"그거야 우리가 밝힐 일이 아니지. 검찰에서 밝혀야지."

"그러네요. 이게 그렇게 먹기 힘든가?"

"대림에 가면 먹을 수 있으니까 경험삼아 가봐."

"그런데 어떻게 이 이파리를 보고 고수라는 것을 아세요?"

"난 절대 적응할 수 없는 향에 적응한 몇 안 되는 한국 사람이거든."

부검의는 그렇게 말하고 핀셋으로 집은 고수 이파리를 입에 넣는 시늉을 했고, 국과수 직원은 바로 헛구역질을 했다.

"우엑! 그걸 어떻게 먹어요?"

죽은 사람의 위에서 나온 것을 먹는 것처럼 보이니 이런 반응을 보인 것이다.

"내가 변태냐, 이걸 먹게? 장난 좀 친 거지. 그리고 증거물을 먹는 부검의도 있나?"

부검의는 피식 웃고 고수 이파리를 투명 봉투에 담았다.

"왜 중국 사람이 한국 바다까지 오셔서 이렇게 죽으셨대. 가엽게. 어찌 되었던 극락왕생하세요. 아멘!"

극락왕생과 아멘을 동시에 하는 부검의를 보며 국과수 직원은 어이가 없다는 표정을 지어 보였다.

*　　　　　*　　　　　*

유 반장이 방석집에서 나오며 어디론가 전화를 걸었다.

—예.

"안 걸리네요."

—쉽게 걸리겠습니까?

"검사님 말씀대로라면 그냥 섬을 수색하는 것이 좋지 않을까요?

놀라운 것은 지금 유 반장이 전화를 건 사람은 다름 아닌 박동철이었다.

—저는 일망타진 좋아합니다.

"서울 올라가고 싶어서 이러는 거죠?"

—아니라는 거 아시잖습니까?

"나는 아시다시피 깨끗한 형사 아닙니다."

─저도 뛰어난 검사 아닙니다. 그리고 너무 깨끗한 물에는 고 기가 안 살죠. 그리고 바퀴벌레는 잡아도 잡아도 또 나오죠. 어 떤 면에서 질서를 잘 잡고 계시다고 생각합니다.

"검사님이 그런 소리를 해주시니 고맙네."

─하여튼 저희는 계속 으르렁거리는 겁니다.

"그러죠. 나도 사실 검사님이 별로 마음에 안 들어요. 정색하 면서 말하는 것도 마음에 안 들고. 혼자서 이 썩은 대한민국을 어떻게 바로잡아요? 대통령도 그건 못해요."

─해보는 데까지는 해보는 거죠.

*   *   *

검사실.

조명득과 오 수사관은 퇴근도 하지 않고 자료 수집과 CCTV를 확인하고 있었다. 아마도 군산 항구와 버스터미널 근처에 있는 CCTV는 다 뒤지고 있는 것 같다.

"해보는 데까지는 해보는 거죠."

─끊읍시다. 내가 그렇게 설쳤는데, 인신매매나 감금은 군산 에 없습니다.

"저는 사람을 잘 안 믿습니다. 특히 바퀴벌레는 사람도 아니 고요."

뚝!

나는 그렇게 통화를 끝내고 모니터를 뚫어지게 보고 있는 조 명득을 봤다.

유 반장과의 인연은 조명득이 다리를 놔준 것이다.

나는 군산으로 발령을 받으면서 군산 최고의 비리 경찰로 유 반장을 지목했다.

그런데 조명득은 나와 생각이 달랐다.

그때 조명득이 내게 말했다.

바퀴벌레는 잡아도 또 나오고 다 죽였다고 생각하고 쉬려고 하면 어디엔가 숨어서 알을 깐다고. 그리고 범죄자들도 똑같다고 했다.

그래서 박멸보다는 통제가 어떤 면에서는 더 좋을 수가 있다고.

그래서 발령 받기 전에 유 반장을 만났다.

이 순간 나도 모르게 그때가 떠올랐다.

아담한 포장마차.

"검사님이시라고요?"

유 반장이 조명득과 같이 앉아 있는 나를 보고 물었다.

"예, 서울지검 박동철 검사입니다."

"군산지검에 발령 예정이신 그 검사님이시네."

역시 소문은 빠르다.

"예, 맞습니다."

"그런데 왜 저를 군산도 아니고 광주에서 보자고 했어요?"

유 반장이 살짝 인상을 찡그렸다.

"짜증이 나시는 것 같은데 왜 나오셨습니까? 여기까지."

"저 꼴통이 안 나오면 내사과에 다 불어버린다고 협박해서요."

유 반장은 내가 본인에 대한 비리를 다 알고 있으니 숨길 것이 없다는 투로 말했다.

"내사를 받을 일이 있습니까?"

나는 유 반장을 봤다.

내가 확인한 사항으로는 유 반장은 비리 경찰이었다. 물론 지방 경찰 대부분이 공명정대하고 국가와 국민을 위해 봉사하지만, 유 반장 같은 경찰도 간혹 있었다. 그런데 내놓고 유 반장을 비리 경찰이라고 할 수 없는 부분도 있었다.

41-59

비리 경찰치고는 선악의 저울에서 악의 비율이 현저하게 낮았다.

"있으면 있고 없으면 없죠."

"저는 유 반장님이 비리 경찰이든 아니든 상관이 없습니다."

내 말에 유 반장이 나를 빤히 봤다.

"그럼 왜 보자고 했어요? 내 비리를 아니까 그냥 납작 엎드리라는 겁니까?"

살짝 불쾌하다는 눈빛으로 변했다.

"그런 것은 아니고요. 어떤 측면에서는 선악의 구분이 없다고 하더라고요."

"누가요?"

"아시는 꼴통이요."

나와 유 반장이 조명득을 봤다.

"다 들으신 것 같은데, 단도직입적으로 말하겠습니다. 나 비리 경찰 맞습니다. 그런데 원래는 나도 안 그랬습니다. 조폭도 때려잡고, 사기꾼도 잡고, 가여운 년들 착취하는 포주도 잡고 그랬는데 잡으면 또 생기더라고요. 그리고 더하면 더했지 덜하지 않더라고요. 그래서 내 입맛에 맞게 조련하고 있습니다. 그래서 나는 비리 경찰입니다."

자신만의 철학이 있는 사람이라는 생각이 들었다.

"그렇게 하십시오."

"그런데 왜 보자고 했어요?"

"제가 군산으로 내려가면 서로 으르렁거려 달라고 부탁드리는 겁니다."

"제가 왜요?"

"저는 유 반장님과 생각이 다릅니다. 저는 일망타진! 초전박살! 괴멸! 이런 거 좋아합니다."

"그러다가 서울 가시면 그만이잖아요."

"그러게요."

"유 반장님이 관리하는 것 중에서 선을 넘는 일이 있으면 은밀하게 공조하자는 겁니다."

"공조?"

"예, 그냥 봐주시는 것은 아니잖습니까?"

"돈 받고 봐주죠."

유 반장이 피식 웃었다.

"내사과는 제가 알아서 하겠습니다."

"그 정도로 파워 좋습니까?"

"생떼를 써봐야죠. 한잔하시겠습니까?"

"그럼 당분간 얼굴 붉히고 삽시다."

내가 내민 잔에 유 반장이 자신의 잔을 붙였다.

"망할 놈의 후배 때문에 검사님이랑 쇼를 다 하네요.

유 반장이 가만히 앉아 있는 조명득을 보며 피식 웃었다.

그렇게 우리는 은밀하게 공조를 시작했다.

그리고 그날 이후 우리는 남들이 보기에는 앙숙이 됐다.

"검사님, 이것 좀 보십시오."

드디어 뭔가를 찾은 것 같다.

"예, 봅시다."

나는 바로 조명득과 오 수사관이 있는 쪽으로 갔다.

"여기, 여기서 서성이는 남자가 좀 이상합니다. 입고 있는 옷도 좀 그렇고."

오 수사관이 내게 말했다.

"그러네요."

"그리고 이 봉고차도 이상합니다."

조명득도 봉고차를 가리키며 내게 말했다.

"저 남자를 태우고 가네요."

이상하게 보면 이상하게 보이기도 하지만 아무 생각 없이 본다면 또 아무 일도 아닌 것처럼 보인다.

하지만 검사는, 또 수사관은 모든 일을 이상하게 봐야 한다.

"그리고 아까 그 남자, 그러니까 이제는 A라고 하겠습니다. A의 동선이 여기서부터 시작됐습니다."

A의 첫 모습이 포착된 곳은 항구 근처였다. 군산 전 지역에는 꽤 많은 CCTV가 설치되어 있었다.

이 CCTV 때문에 범인을 잡는 일이 많이 수월해졌다. 하지만 작은 시이기에 CCTV 설치 수는 상대적으로 대도시보다 적었다.

"며칠이죠?"

"그러니까… 풍랑주의보가 한창일 때입니다."

"해경에서 출항한 배는 없었다고 했죠, 그날?"

"밀항선이 신고하고 나가는 경우는 없죠. 물론 간혹 있다고는 하지만 어창에 숨겨서 들어오면 못 찾는답니다. 해경 수가 워낙 부족해서……."

사실 해경도 엄청나게 고생 많이 한다.

요즘 들어 중국 어선이 꽤 많이 우리의 해역을 넘어서 고기를 잡고 범죄를 저지르기에 단속 인력이 부족하단다. 그리고 여기는 인천이나 중국과 가까운 지역이 아니라 해경의 수가 다른 지역보다 적었다. 그러니 상대적으로 해경이 단속하는 데 한계가 있다는 생각이 들었다.

"검사님!"

그때 미스 선이 나를 불렀다.

"예."

"조사 지시하신 것 여기에 있습니다."

"간략하게 설명 부탁드립니다."

"유인도 중에 인구수가 20명 미만인 유인도는 총 26개입니다."

"많네요."

군산시 소재에 있는 섬은 몇 개 없었다. 하지만 내 생각으로는, 지금 내 촉이 큰 건이라고 말하는 이번 일은 군산에서만 일어나는 일이 아닐 것 같았다.

'군산이 범죄의 허브다.'

마치 인천국제공항처럼 말이다.

"마 수사관은 어디쯤이랍니까?"

"마 수사관은 어디로 보냈습니까?"

오 수사관이 궁금하다는 듯 내게 물었다.

"낚시 보냈습니다."

"마 수사관 낚시 싫어하는데……."

오 수사관은 궁금하다는 눈빛이다.

"창도라는 섬에 있다고 연락이 왔습니다."

"창도요?"

"예, 거기도 거주민이 열 명 미만입니다."

나는 유인도 중에서도 섬에 사는 사람이 극소수로 적은 섬을 미스 선에게 확인시켰다.

그리고 일부 섬들의 상태를 확인하기 위해서 마 수사관을 서울에서 지원 받은 경찰과 함께 보냈다.

'군산 경찰이 움직이면 의심하니까.'

물론 이런 지원 요청도 생떼를 써서 한 일이고, 지검장님은 꼴통 새끼라고 엄청나게 욕하셨다.

하지만 그러면서도 나를 적극 지원해 주신다.

"정말 뭐 있는 겁니까?"

"아직은 말씀드릴 수가 없습니다, 오 수사관님."

"예, 검사님."

"모니터 요원을 더 확충해 드릴 테니까 이 봉고차를 찾으세요."

"예?"

순간 오 수사관이 멍해졌다.

"왜 그렇게 놀라시죠?"

"이 봉고차가 어디까지 가는지도 모르는데……."

"어려운 일이니까 오 수사관님께 부탁드리는 겁니다."

"알겠습니다."

나는 그렇게 말하고 조명득을 봤다.

이건 조명득에게도 같이 찾으라는 것이다. 그리고 청명회를 동원해야 할 일이었다.

오 수사관의 말처럼 아무리 대한민국의 땅이 좁다고는 하지만 저 봉고차를 찾기까지는 엄청난 시간과 인원이 동원되어야 할 것이다.

"번호판도 안 보이는데……."

"번호판 있네요."

내 말에 오 수사관과 조명득이 나를 빤히 봤다.

"어디에?"

"여기요."

도로에 설치되어 있는 볼록 거울에 봉고차의 번호판이 비쳤다.

"확대해서 해상도 올리면 번호판이 보이겠네요."

"와~ 검사 아무나 하는 거 아니네요, 검사님!"

"하하하! 사법고시 고스톱 쳐서 딴 거 아닙니다."

물론 이런 것을 보고 소 뒷걸음치다가 쥐를 잡았다고 하는 것이다. 나도 힐끗 봤는데 그냥 눈에 띄었다.

눈썰미가 좋아서 찾은 것이 아니라.

'운이 좋네.'

"그렇죠. 고스톱 아무리 잘 쳐도 검사 못 됩니다."

오 수사관이 내게 말하면서 뚫어지게 나를 봤다.

"예."

"정말 무엇을 찾는 겁니까?"

"인신매매입니다."

"뭐, 뭐라고요?"

"국제 인신매매를 찾고 있습니다."

순간 사무실 분위기가 굳었다.

"그리고 한 번에 움직여서 일망타진해야 합니다.

"그거야 검사님 스타일이니까 다 알죠. 알겠습니다. 어떻게든 찾겠습니다."

오 수사관이 자리에서 벌떡 일어났다.

하지만 오 수사관과 모니터 요원으로는 쉽게 찾을 수 없는 일이 분명했다.

따르릉~ 따르릉~

그때 내 자리에 있는 전화가 울렸다.

내가 기다리고 있는 전화다.

"여보세요."

―국과수입니다.

드디어 부검 결과가 나온 것 같다.

"중국인인가요?"

ㅡ예, 고수라는 향신료가 위에서 검출된 것으로 보아 중국인으로 추정됩니다.

"감사합니다."

ㅡ다음부터는 고위 검사 이용해서 떼쓰지 마십시오. 하하하!

"예."

어떻게 되었던 부검 순서를 바꾼 거니까 저런 소리는 들어도 된다.

사건만 해결할 수 있으면 무슨 소리를 들어도 좋다.

그리고 국과수 직원도 농담처럼 한 말이 분명할 터이다.

*　　　　*　　　　*

창도 바닷가.

마 수사관과 지원 온 형사는 낚시꾼으로 위장해서 창도 바닷가에 텐트를 치고 낚시 삼매경에 빠져 있었다. 물론 마 수사관은 낚시를 좋아하지 않았지만 말이다.

"…여기서 벌써 이틀째 아닙니까?"

"그러네요."

"이제 갯바위에서 낚시로 잡은 회도 질리네요."

"그럼 슬슬 어슬렁거려 볼까요?"

"그런데 자꾸 저쪽 끝에서 우리를 감시하듯 보는데요."

지원 나온 경찰의 말에 마 수사관이 낚싯대를 던지며 자신들을 보고 있는 남자를 봤다.

"궁금한 모양이죠."

그때 마 수사관을 보고 있던 남자가 천천히 걸어왔다.

"낚시는 좀 되십니까?"

"그럭저럭 되네요. 물이 좋아서 좋은 놈이 잘 잡히는데요. 야, 나도 이런 곳에서 살고 싶다."

"그러세요? 그래도 이런 곳에 살면 지겹죠."

"그러네요. 고기 잡는 것 말고는 일거리가 없어서 답답하기도 하겠어요."

"뭐 미역 농사도 짓고 갯닦기도 하고 그러고 삽니다. 그런데 여기 며칠 더 계실 겁니까?"

남자가 묻자 마 수사관이 남자를 봤다.

"왜요? 저희들은 며칠 더 낚시를 하려는데."

"태풍이 온다고 해서요."

원래 섬사람들이 타지인에게 관심을 보이는 것은 당연한 일이다. 특히 작은 섬일수록 그렇다. 워낙 조용하다 보니 소일거리 겸 관심을 보이는 것이다.

"태풍요?"

"예, 창도에서 나가려면 오늘 내일 안에는 나가셔야 해요."

"그러네. 어떻게 할까?"

"그냥 태풍 핑계로 며칠 더 있자고. 마누라한테는 태풍 때문에 발이 묶였다고 하면 되잖아. 히히히!"

"그러네. 센스쟁이~"

마 수사관이 맞장구를 치며 말했다.

"비 오면 이런 텐트는 날아가는데……."

오 수사관은 남자의 눈빛이 마치 대놓고 섬을 나가라는 소리는 아니지만 나갔으면 하는 것 같다고 느꼈다.

"혹시 민박하는 곳이 있습니까?"

"없어요. 이런 섬에 누가 온다고."

"섬 참 좋은데 왜 관광객이 안 오지?"

마 수사관이 궁금하다는 듯 말했다.

"하여튼 걱정해 주셔서 감사합니다."

"아닙니다."

남자는 찰나지만 못마땅하다는 표정을 지어 보이다가 돌아갔다.

"뭔가 있는 것 같죠?"

"예."

"그럼 이제 슬슬 어슬렁거려 봅시다."

그렇게 낚싯대를 걸어두고 마 수사관과 지원 온 형사는 섬을 산책이라도 하듯 어슬렁어슬렁했다.

＊　　　　＊　　　　＊

섬 중턱에 있는 독립가옥.

거의 사람이 살지 않는 섬이기에 창도에는 가옥 수가 몇 없었다. 그래도 예전에는 미역 농사도 짓고 해서 30가옥 정도가 있었는데 모두 떠나고 몇 가구 없는 것 같아 보였다.

"이런 쌍년이! 집구석에서 나오지 말라고 했잖아!"

퍽!

마 수사관에게 태풍이 온다고 말한 남자가 집 밖으로 나온 여자를 우악스럽게 때렸다.

"아악! 자, 잘못… 잘못했어요."

말투가 어눌했다. 하지만 그 어눌한 말투가 발음에서 오는 문제지 다른 장애가 있는 것으로 보이지는 않았다.

그리고 남자와 여자의 나이 차이가 꽤 나는 것처럼 보였다. 그리고 마 수사관과 지원 나온 경찰은 이 모습을 보고 조심스럽게 뒷걸음질을 쳤다.

'여긴 것 같군.'

그렇게 마 수사관은 몇 개의 섬에서 이런 광경을 지켜봤다.

물론 나이 차이가 있지만 오순도순 잘사는 섬도 있었다. 하지만 대부분 마치 노예처럼 남자가 여자를 부리는 모습을 확인한 마 수사관이다. 마치 돈을 주고 사온 듯 노예처럼 부리는 것 같다는 생각이 들었고, 이미 박동철에게 대략적인 이야기를 들었기에 짐작하고 있는 마 수사관이다.

'여기는 동그라미네.'

박동철은 마 수사관에게 비슷한 상황이라도 남자와 여자가 잘 지내는 곳은 X 표시를 하라고 했다. 그리고 이런 강압적인 모습이 보이는 곳은 동그라미 표시를 하라고 했다.

물론 마 수사관은 그런 표시를 왜 하는지 이해가 안 됐지만 말이다.

*　　　　*　　　　*

텐트를 쳐놓은 바닷가.

"그래도 여기는 핸드폰이 터지네."

마 수사관이 갯바위까지 올라가서 전화를 걸었다.

―예, 마 수사관님!

"창도도 아주 물이 깨끗합니다."

이건 약속된 암호다. 물이 깨끗하다는 것은 인신매매와 감금
이 있을 것 같은 곳이고, 물고기가 안 잡힌다는 것은 없는 것으
로 예상이 된다는 암호였다.

―잘 안 들립니다.

"물이 아주 깨끗합니다."

―깨끗하다고요?

"예, 복귀할까요?"

―이제 작전 개시입니다. 거기서 바로 검거하세요. 배는 내일
아침에 보내겠습니다.

"예."

마 수사관이 짧게 대답하고 전화를 끊었다.

"뭐랍니까?"

지원을 나온 경찰이 마 수사관에게 물었다.

"작전 개시랍니다."

"둘러보니 성인 남자는 셋이더라고요."

"섬사람들이 원래 거칩니다. 조심하자고요."

"예."

지원 나온 경찰이 지그시 입술을 깨물었다.

　　　　　*　　　　　　　*　　　　　　　*

지검장실.

"야! 귀청 떨어지겠다!"

지검장님이 버럭 소리를 질렀다.

"창도라네요. 전화가 잘 안 터지나 봅니다."

"그래서?"

"제 촉은 확실하게 밀항자들을 인신매매하는 조직이 있는 것 같습니다. 그 조직과 연계된 곳이 행복한 국제결혼 소개소 사무실인 것 같습니다."

"정황 증거로는 안 돼."

"그래서 추성호 씨가 사기로 고소를 했잖습니까."

"그럼 체포영장 받아서 체포를 하든가!"

"피라미 잡아서 뭐 하겠습니까?"

내 말에 지검장님이 나를 째려봤다.

"좋다. 말 나온 김에 나도 한마디만 하자. 그렇다고 서해안 지역의 전라남북도 지검들에게 공조 수사 협조 공문을 날리라고? 내가 너 때문에 또라이가 되라고?"

지검장이 눈을 흘겼다.

"또라이라뇨. 스타가 되시는 겁니다."

"나는 군대도 안 갔거든. 그래서 스타가 싫거든."

"왜 안 가셨습니까?"

나는 장난스러운 표정을 지으면서 병역 기피자라는 눈빛을 보냈다.

"우리 때는 7대 독자는 안 갔거든!"

지검장님이 버럭 소리를 질렀다.

"정말 큰 건입니다."

"야~ 꼴통!"

"예, 선배님!"

내가 불리할 때는 선배님이다.

"지검장님!"

"죄송합니다, 지검장님!"

"아무리 그래도 말이 통하는 지청이 있고 안 통하는 지청이 있다고!"

"선배… 아니, 지검장님!"

"왜?"

"이 사건을 우리가 조사해서 밝혀야지 만약 언론이 먼저 알고 밝혀내면 뒷북 친 검찰은 뭐 되는 겁니다. 그리고 국가 위신도 땅에 떨어지는 일이고요."

"이게 이젠 협박을 하네."

"제 짧은 생각으로는 중국 검찰과 경찰도 은밀하게 조사하고 있을 것 같습니다."

"그걸 네가 어떻게 알아?"

"이 사진을 보십시오."

나는 오 수사관과 조명득이 찾은 수상한 행동을 하는 남자의 사진을 지검장에게 보여줬다.

"뭔데?"

"중국인 같지 않습니까? 그리고 이 봉고차에 이런 남자가 아홉 명이나 탔습니다. 그러니까 중국 공안이 여행자 신분으로 와서 은밀하게 내사하는 것 같지 않습니까?"

물론 뻥이다.

하지만 내 뻥에 살짝 지검장님은 겁을 먹은 것 같다.

"잠깐, 그런데 우리도 이제야 안 사실을 중국 애들이 어떻게 알아?"

"추성호 씨 아내가 밀항자입니다. 그리고 행복한 국제결혼사무실의 소개로 추성호 씨와 결혼했다가 외국인 출입국사무소 직원에게 검거되어 강제 출국을 당했고, 중국 교도소에서 복역했다고 합니다."

내 말에 지검장님의 표정이 점점 더 굳어졌다.

"그러니까 그 사실들을 추성호의 아내가 말했다는 거야?"

"형량을 조금이라도 줄이기 위해서라도 그랬을 겁니다."

"그래서?"

"아시잖습니까? 뒷북을 맞으면 많이 아프다는 거."

"확실하지?"

"검사복을 걸겠습니다."

"야!"

"예."

"평검사 옷 벗는 일로 끝나는 거 아니거든."

"죄송합니다."

이럴 때는 바로 꼬리를 내려야 한다.

"알았다. 도 아니면 모다."

"그리고 지검장님."

내가 지검장님을 반짝이는 눈으로 보자 지검장님은 덜컥 겁이 나는 모양이다.

"또 왜?"

"외교부랑 공조해서 추성호 씨 아내를 참고인 자격으로 소환하고 싶은데 가능할까요?"

"너, 미쳤니?"

"꼭 참고인으로 필요합니다."

"아주 제대로 미쳤구나?"

"죄송합니다."

안 될 것 같다. 하지만 이미 말을 했다.

그러니 연간 3억이나 주는 외교부 과장을 이용하면 된다. 그리고 사실 이미 외교부에서 중국 외교부에 공문을 보냈다.

그리고 놀랍게도 중국 외교부가 동의했다.

'비행기를 타셨거든요.'

물론 진짜 사고는 다음에 일어나겠지만 말이다.

"그럼 저는 행복한 국제결혼사무소부터 압수 수색합니다."

"해라! 언제 네가 나한테 보고하고 사고 쳤냐?"

"항상 보고는 드렸죠."

"나는 이번이 처음인데. 저번 총질 사건만 생각하면 이가 갈린다."

"총 놓고 가겠습니다."

나는 지검장님을 보며 씩 웃으며 묵례를 하고 돌아서서 핸드폰을 꺼냈다.

"조 수사관님."

―와?

"작전 개시!"

나는 조명득에게 말하고 지그시 입술을 깨물었다.

제7장
흐느끼는 첨밀밀…

조명득이 운전을 하고 있고 나는 옆자리에 앉아 있다.

내 스타일은 정황을 잡고 깡으로 폭풍처럼 몰아치는 것이다. 그리고 일망타진해 전과를 확대하는 것이다.

물론 공명심 때문에 이러는 것은 결코 아니다. 내게 한 점의 공명심이라도 있었다면 이번 사건을 파고들지 않았을 것이다.

'또 꼴통 소리 듣겠네.'

어떤 면에서 이번 사건을 완벽하게 해결하면 국제 외교적 마찰이 일어날 수 있다.

"어떻게 은설을 보내준다는 거지?"

사실 이 부분이 놀랍다. 중국 공안의 입장에서는 자국민이 타국의 사건에 증인으로 조사를 받는 것이 달가울 리 없는데 말이다. 나 역시도 그런 생각이 드니까.

"콴씨라는 것이 있다."

"콴씨?"

콴씨란 중국의 인맥을 말하는 것이다. 중국에서 사업을 하거나 무슨 일을 진행을 할 때 콴씨가 없으면 아무 일도 못한다.

"인맥이라고 하지."

다시 말해 조명득이 중국에 인맥을 만들고 있다는 의미처럼 느껴졌다.

"벌써 중국까지 손을 뻗으셨어?"

"내가? 무슨 능력으로?"

조명득이 나를 보며 씩 웃었고, 나는 외교부 과장의 얼굴이 떠올랐다. 우리는 청명회 회원의 이름을 둘이 있을 때도 말하지 않기로 했다.

"그 사람?"

"그래. 외A지. 그 사람이 해줬다."

그래도 이상했다. 겨우 외교부 과장의 직급을 가진 사람이 자존심 강한 중국 정부를 상대로 중국의 자국민을 대한민국으로 보내서 조사를 받게 한다는 것이 믿어지지 않았다.

"그게 돼?"

"콴씨랑 뇌물이랑 같이 붙으면 된다. 짱깨들, 뇌물 엄청 좋아하데! 히히히!"

또 결국 돈을 썼다는 말이다.

"얼마나?"

"얼마 안 썼다."

"대충?"

"큰 거 한 장 썼다."

즉 1억을 썼다는 것이다.

뭐 그 정도면 이해가 된다.

"…네 명한테 각각 한 장씩 줬다."

결국 네 명이 들어간 것이다. 아마도 외A가 한 장을 먹었을 것이고, 나머지 석 장을 이용해서 외교부부터 연결된 공안까지 뇌물을 뿌린 것 같다.

"그런데 증거도 거의 다 확보해 놓은 상태에서 은설이라는 그 여자를 데리고 와서 뭐 하게?"

―우리 그냥 사랑하게 그냥 두면 안 됩니까?

순간 추성호의 주정이 떠올랐다.

"그냥… 사랑하게 해주려고."

내 말에 조명득이 어이가 없다는 듯 나를 봤다.

"니는 돈도 많다. 오지랖이 하늘을 찌르네. 우짜려고?"

그냥 사랑하게 해주기 위해서는 몇 가지 문제를 풀어야 하니 말이다.

"앞을 보고 운전하세요. 내가 알아서 할 테니까."

"니가 알아서 하시는 건 좋은데 세부적으로, 또 구체적으로 대부분의 일을 내가 처리하니까 문제지."

"그래서 네가 내……."

"시다바리라고 말하면 확 핸들 꺾어버린다."

"파트너지."

나는 조명득을 보며 씩 웃었다.

"다 왔다."

끼이이익!

조명득이 급하게 브레이크를 잡았고, 우리 차 뒤를 따르던 경찰 봉고차 역시 급하게 멈췄다.

"여기서부터 턴다."

"다른 섬들은?"

"이미 출동했다."

나는 바로 차에서 내렸고, 경찰차에서도 형사들이 내렸다.

"용의자 검거하고 바로 압수 수색에 들어갑니다. 하드디스크 확보하시는 거 잊지 마세요."

"예, 검사님!"

"가시죠."

우린 바로 행복한 국제결혼 소개소를 급습했다.

*　　　　*　　　　*

벌컥!

문을 박차고 들어서는 순간 용의자 표창우는 멍해졌다가 나를 째려봤다. 마치 나를 국제결혼 소개소에 불만을 품고 깽판을 치려고 온 사람처럼 보는 눈빛이다.

"무슨 일입니까? 문 부서지는 줄 알았네."

"군산지검 형사2부 박동철 검사입니다. 여기 수색영장 및 압수영장 있고요, 표창우 씨, 긴급 구속영장 있습니다."

그 순간 표창우가 멍해졌고, 그때 다른 책상에 앉아 있던 여자가 급하게 어디론가 전화를 걸려고 전화기를 들었다.

"멈춰!"

하지만 여자는 멈추지 않았다.

뚜두두두!

"왜 먹통이야?"

"아줌마, 내가 이거 뽑았어요. 잘했죠? 하하하!"

조명득이 전화선을 뽑으며 여자를 보고 이죽거렸다.

'확실히 있네.'

행동 하나로 연계된 조직이 있다는 생각이 들었다.

"압, 압수수색이라고요?"

"예, 그렇습니다. 검찰청으로 연행하세요."

내 지시와 함께 경찰들이 빠르게 표창우에게 뛰어가 그의 손에 수갑을 채웠다.

"이 씨……."

표창호는 공황에 빠진 것 같았지만, 여자는 뭔가 빠르게 움직이려고 했다.

아마 컴퓨터에 남아 있는 데이터를 지우려는 것 같았다.

하지만 이미 이곳에 오기 전에 조명득과 컴퓨터 하드를 살릴 방법도 이야기를 했다.

—두꺼비집만 내리면 끝이다.

컴퓨터! 엄청나게 복잡한 것이라고 생각했는데 결국 전기를 먹는 가전제품이었다. 전원 공급만 안 되면 되는 거였다. 그 순간 조명득이 바로 사무실에 공급되는 전원 차단기를 내렸다.

"아줌마는 공무집행 방해까지 추가야!"

조명득이 소리를 지르며 여자에게 달려가 수갑을 채웠다.

"놔요! 왜 이래요? 나는 저항도 못하는 여자라고요! 여자한테 이렇게 우악스럽게 수갑을 채우는 것은 과잉 진압이잖아요!"

역시 여자라 말이 많다. 마음 같아서는 아가리를 찢어버리고 싶다. 하지만 이번 검거 작전에는 최대한 돌출 행동을 하지 않을 생각이다. 그래서 총기도 휴대하지 않았다.

"이 아줌마, 참 말 많네. 여성부 대변인이야? 용의자로 검거되는데 무슨 여성 인권을 운운해?"

조명득도 어이가 없다는 표정으로 이죽거렸다.

"아프다고요! 아파요! 이거 과잉 진압이잖아요!"

"조 사무관!"

"예, 검사님!"

"저 여자, 용의자가 자해를 할지도 모르니까 재갈이나 테이프 붙여요."

"예?"

"자해하면 우리 이번에는 울릉도로 떨어질지 몰라요."

총질 몇 방에 서울에서 군산까지 좌천 아닌 좌천이 되어 왔다. 그런데 혀라도 깨물면 나는 울릉도로 가야 할지도 모른다. 울릉도에 지검은 없지만 말이다. 그게 아니면 변호사 개업을 하던가.

"예, 검사님! 그러네요. 아이고, 이 용의자, 너무 흥분한 것 같아요."

조명득은 바로 주머니에서 손수건을 꺼내 여자의 입을 벌리게 해서 쑤셔 넣고 청 테이프로 입을 막았다.

"으으으으윽! 으윽!"

"여기, 저 여자 용의자, 흥분한 거 다 보셨죠?"

"제가 잘 찍고 있습니다!"

압수수색을 할 때 나는 하나도 빠뜨리지 않기 위해 비디오 촬영을 하라고 지시했다.

그래서 경찰 한 명이 씩 웃으며 내게 말했다.

"싹 쓸어 담으세요. 싹!"

*　　　　*　　　　*

군산 사창가.

에에에엥~ 에에에엥~

사창가 포주의 사무실에도 사이렌 소리가 요란하게 들렸다.

"뭐야, 이 소리는?"

따르릉~ 따르릉~

"유 반장님이시네."

포주가 전화를 받았다.

"네, 유 반장님!"

―지금쯤 도착했지? 경찰들 말이야.

유 반장의 목소리가 다급하다는 느낌이 들었다.

"단속입니까?"

―망할 놈의 그 꼴통 검사가 나 모르게 움직였어!

"우린 뭐 잘못한 것 없습니다."

포주는 그렇게 말은 했지만 표정이 어두워졌다.

―하여튼 나 모르게 한 일이야. 내가 하지 말라고 한 짓만 안 했으면 별문제 없을 거야.

"예, 그런… 그런 일 없습니다. 바빠서 끊습니다."

포주가 바로 전화를 끊었다.

"이런 꼴통 검사 새끼가! 야!"

갑작스러운 전화에 멍을 때리고 있던 사창가 기도들이 포주를 봤다.

"예, 사장님!"

"짱깨 년들 모조리 비밀 방에 숨겨!"

"예, 사장님!"

"빨리 움직여!"

포주가 버럭 소리를 질렀고, 그때 포주의 사무실 문이 급하게 열렸다.

벌컥!

"송호성! 당신을 불법 감금 및 인신매매, 성매매 관련 법률 위반으로 긴급 체포합니다. 당신은 변호사를 선임할 수 있고, 묵비권을 행사할 수 있습니다."

"당신 누구야! 누군데 헛소리를 하는 거야?"

포주가 버럭 소리를 질렀다.

"내가 지금 떡 팔아먹고 산다고 인간 망종으로 보이냐!"

"닥치고! 검거해."

형사가 차갑게 말했고, 형사의 뒤에 있던 다른 형사들이 일제히 용의자들에게 달려들었다.

"…어디 서에서 나왔습니까?"

포주는 자신이 평소에 잘 알고 지내던 군산이나 인접 경찰서 형사들이 아니라는 생각이 들었다.

"알아서 뭐 하게?"

"시발! 누구한테 잡혀가는지는 알아야지!"

포주가 이판사판이라는 생각이 들었는지 소리를 질렀다.

"시울 시경에서 나왔다. 됐냐? 연행해."

결국 박동철과 유 반장에 의해 군산경찰서 형사들은 이번 검거 작전에서 배제됐다.

물론 육지에서 검거하는 작전에서만 배재된 것이다.

급하게 동시다발적으로 투입되어야 할 섬이 26개나 있으니까.

"이런 시발!"

포주는 그렇게 검거됐다.

*   *   *

사창가 쪽방.

벌컥!

"뭐예요?"

형사가 감금된 중국 여성들을 찾기 위해 문을 열었고, 한 창녀가 놀라 벌떡 일어났다. 낮부터 사창가를 찾은 남자는 놀라 기겁한 표정으로 굳었다. 그래서 당연히 그 중요한 부분이 쪼그라들었다.

"옷 입어요."

"낮에도 단속해요?"

여자가 짜증스러운 표정으로 형사에게 물었다.

"저, 저는……."

여자를 산 남자는 겁을 먹었는지 떨리는 목소리로 물었다.

"당연히 입어야지. 그 차림으로 검찰청까지 끌려갈래요?"

형사의 입에서 검찰청이라는 말이 나오자 남자는 화들짝 놀라 아무것도 입지 않은 상태로 문을 열고 들어선 형사의 바짓가랑이를 잡고 늘어졌다.

"형사님! 저는 이번이 처음입니다요! 호기심에 그만 오게 된 것인데 제발 한 번만 봐주세요."

"이거 놓으세요. 일단 옷부터 입어요. 자세 묘하잖아."

그리고 보니 무릎을 꿇고 있지만 헐벗은 남자의 머리 부분이 형사의 중요한 부분 근처에 밀착해 있다.

"그런데 못 보던 형사님이시네~"

창녀는 이런 단속이 익숙하다는 표정으로 여유롭게 입에 담배까지 물면서 형사에게 물었다.

"자주 볼 일 없으니까 담배 끄고 옷 입어."

형사가 버럭 소리를 지르자 그제야 창녀가 재수 없다는 표정으로 짜증스럽게 담배를 끄고 옷을 입었다.

*   *   *

"잘 찾아!"

박동철은 개미굴에서 아이들을 찾을 때부터 고성능 음향탐지기를 이용했다.

그리고 그게 무척이나 도움이 된다는 것을 경험하고 미국에서 CIA가 사용하는 고주파 음향증폭기를 사비를 털어서 샀다.

물론 다른 사람들이 보면 신입 검사가 있는 돈 없는 돈 탈탈 모아서 산 것처럼 보일 것이다.

박동철이 얼마나 많은 재산을 가지고 있는지 모르니까.

"예."

—하아아~ 아학~

—하으윽! 하악~ 하으으윽~

—아아악~ 아아앙~

고주파 음향증폭탐지기를 켜는 순간 헤드셋을 쓰고 있는 남자의 표정이 묘하게 변했다.

"왜 그래요, 최 기사?"

"여기 정말 떡집 맞네요. 해도 안 졌는데 벌써 엄청나게 떡을 치네요. 들어보실래요?"

"딴소리하지 말고 중국어나 숨소리 이런 거 찾아요."

지원 나온 수사관이 장난치지 말라는 투로 장비 조작을 하는 최 기사에게 말했다.

"숨소리는 다 찾았죠. 아~ 이래서 떡 치려고 오나 보네. 정말 숨소리 한번 리얼하다."

"최 기사!"

지원 나온 수사관이 버럭 소리를 지르자 최 기사가 음향탐지기의 출력을 높였다.

"찾고 있습니다."

—하아앙~

—멈춰! 당신들을 매춘에 관한 법률 위반으로 체포합니다!

—호호호! 시발~ 그런 법도 있었어요?

―형사님~ 그냥 한번 치고 가요.

―닥치고!

쓸데없는 소리만 들렸고, 그때마다 최 기사가 인상을 찡그렸다.

―텐미미 니 샤오 더 텐미미……

그때 아주 미약하지만 우는 듯 흐느끼는 듯한 노랫소리가 들렸다.

"아직 못 찾았어?"

"잠깐만요. 텐미미 니 샤오 더 텐미미. 이거 중국 노래죠?"

"그런 것 같은데? 어디야?"

"이쪽입니다."

그렇게 음향탐지기를 가지고 최 기사가 움직였다.

―하오 샹 화얼~ 카이 짜이 춘펑리~~ 카이 짜이 춘펑리~ 마마……

어린 여자의 흐느끼는 노랫소리가 들렸고, 수색팀은 그 노래를 쫓았다.

"여깁니다."

그리고 끝내 최 기사가 노래가 흘러나오는 곳을 찾아냈다.

*   *   *

"부숴!"

지원 온 수사관의 지시에 도끼를 들고 있던 순경들이 묵직한 도끼와 오함마를 들고 앞으로 나섰다.

"비밀 문이 있지 않을까요?"

"부숴!"

수사관은 단호했다. 수사관이 이렇게 할 수 있는 것은 우천재 검거 작전에 참여한 전적이 있기 때문이다.

"그래도……."

"박동철 검사님이 다 책임지실 거야. 부숴요."

"예."

검사가 책임진다고 하니 순경들은 손에 들고 있는 도끼와 함마를 들어 올렸다.

퍽! 쾅! 퍽! 쾅!

와르르!

순간 블록으로 올린 벽에 구멍이 뚫렸고, 빛이 비밀스러운 쪽 방 안으로 뿜어졌다.

*   *   *

행복한 국제결혼 소개소 건물 앞.

나는 표창우를 검거한 후 모든 자료를 압수한 상태에서 건물 밖으로 나왔다.

"이제 어디로 갑니까?"

조명득이 내게 물었다.

─콩떡 사장이라는 놈의 가게가 가장 큽니다.

유 반장은 내게 군산 사창가 중에서 콩떡 사장이 관리하는 사창가가 가장 크다고 정보를 제공했다.

이제는 사창가를 털어야 한다. 밀항이 있었고, 그 밀항에서 밀항자들을 빼돌리고 감금해 섬에 팔아먹었다면 일부 여자들이 사창가로 흘러들어 가는 것은 당연한 일이다.

그러니 거기서부터 조져야 했다.

"콩떡 사장 놈부터 조진다."

"참 나, 떡 치는 곳 사장 별명이 콩떡이네."

조명득이 포주의 별명을 듣고 인상을 찡그렸다.

"인생을 콩가루로 만들어준다."

바드득!

나도 모르게 어금니를 깨물었다. 사실 중국에서는 아직도 인신매매가 여기저기서 일어나고 있었다.

그리고 탈북한 여자들을 이용해서 매춘을 하거나 중국 시골의 청년들에게 판다. 그 자체로 매매혼이고, 내가 이런 일이 있을 수 있다고 생각한 것은 서울지검에서 불법 음란 동영상 제작 수사를 할 때 일부 동영상에서 등장하는 여자들의 표정이 삶의 의욕이 없고 약에 취한 것 같았기 때문이다.

그리고 그녀들이 단말마처럼 내는 교성과 절규 속에서 한국어, 아니, 정확하게 북한 사투리를 들었기 때문이다. 중국에서 그런 일이 있다면 한국에서도 충분히 일어날 일이라는 생각을 했다. 그런데 그 혹시나 하던 생각이 이런 참혹한 사건이 되어 실제로 일어나고 있었다.

그렇다면 철저하게 조사를 하고 응징을 가해야 한다. 그래야 법치국가이고 대한민국이다.

자랑스러운 대한민국이 되기 위해서는 자신의 잘못부터 통렬하게 수사를 하고 반성해야 한다는 것이 내 생각이다. 일본 놈들처럼 숨기려 하지 말고 반성할 것은 반성하고 사과할 것은 사과를 하며 무릎을 꿇어야 할 일이 있다면 꿇어야 한다.

GNP로 국력을 과시하는 것이 아니라 이런 통렬한 반성을 통해 선진국으로 거듭나야 하는 것이다.

"콩가루?"

"법으로 풀 배팅을 해서 안 되면 군산 앞바다에 고기밥을 만들어준다."

"또 사적으로 응징하려고?"

"법으로 안 되면 주먹이다. 가자!"

"그래야지."

그렇게 조명득은 급하게 콩떡 사장의 매춘 가게로 차를 몰았다.

*   *   *

빛도 들어오지 않는 비밀 쪽방.

"텐 미미 니 샤오 더 텐 미미……."

그 안에는 20대 초반의 여자가 절망스러운 표정으로 더 어린 여자들을 위로하듯 안아주면서 등려군의 노래인 첨밀밀을 불러주고 있었다.

20대 초반의 여자의 품에 안겨 축 늘어진 더 어린 중국 여자는 마치 지쳐 엄마의 품에 쓰러져 있는 아이처럼 노래를 부르는 여자의 노래를 흘리듯 따라 부르고 있었다. 절망에 가까운 눈빛이다. 빛 한 점 들어오지 않는 쪽방에 갇힌 지 일주일이 지났고, 겨우

주는 것은 정(情)이라고 적혀 있는 초코파이 몇 개가 전부였다.

이곳에 이 여자들을 가둔 놈들은 철저하게 여자들의 저항 의지를 꺾는 방법을 아는 것이다. 누구 하나 자신들을 구해줄 수 없다는 것을 느낄 수 있게 절망의 끝까지 몰고 간 후에 반항할 의지가 모두 꺾이면 제일 먼저 포주가, 그리고 그다음으로 사창가를 지키는 기도들이 여자들을 철저하게 능욕했다.

그러고 나서 사창가에 창녀로 돌리고, 또 어느 정도 시간이 지나면 오지의 섬에 팔았다. 이건은 명확한 납치이며 감금이고 국제 인신매매였다. 거기다가 이 여자들은 밀항 브로커들에게 속아서 돈까지 주고 밀항선을 탄 여자들이다.

물론 모든 밀항자들이 이런 신세가 된 것은 아니다. 사전에 한국에 와 있는 가족이나 아는 사람들과 연락이 된 밀항자들은 그들이 원한 것처럼 최소한 코리안 드림을 꿈꾸며 군산을 벗어났다.

그렇지 못한 사람들이 이런 꼴이 된 것이다.

그리고 이것은 철저하게 계획된 잔혹한 범죄였다.

"하오 샹 화얼~ 카이 짜이 춘펑리~ 카이 짜이 춘펑리 마마… 흑흑흑!"

끝내 여자의 품에 안긴 어린 여자가 어깨를 들썩이며 울기 시작했다. 울 수 있다는 것은 아직 의지가 남아 있다는 것이고, 이 절망적인 상황을 받아들일 수 없다는 의미일 것이다.

그저 첨밀밀의 노래를 불러주는 20대 초반의 여자는 자신의 품에 안겨 있는 여자의 머리를 쓰다듬으면서 무미건조한 눈빛으로 멍하니 빛 한 점 들어오지 않는 공간을 바라보고 있었다.

"울면… 고향 생각 나니까 울지 말아요."

"흑흑흑! 엄마!"

—부숴!

그때 희망을 빠르게 잃어가는 두 여자의 귀에 한국어로 외치는 남자의 목소리가 들렸다.

쾅! 쿵! 쾅쾅! 퍽퍽!

와르르!

그리고 한쪽 벽이 와르르 무너져 내렸다. 그와 동시에 어둡던 공간에 강력한 빛살이 뿜어졌다. 물론 이 빛은 상대적인 빛일 것이다. 하지만 절망으로, 나락으로 떨어지는 두 여자에게는 이 세상에서 본 그 어떤 빛보다 더 강렬한 빛이 분명했다.

그리고 그 빛 때문에 표정을 찡그려야 했다.

"거기 누구 있습니까?"

지원을 나온 수사관이 안으로 들어서면서 소리쳤고, 동공이 어둠 속에 적응하는 순간 경악했다. 그리고 악취가 진동하는 상황에서 두 여자가 잔뜩 겁을 먹은 상태로 흘러들어 온 빛 때문에 눈도 뜨지 못하고 있기에 다시 한 번 경악했다.

"이, 이런 미친… 개새끼들!"

지원 나온 수사관이 급하게 고개를 돌렸다.

"검, 검사님!"

"…전원 다 체포하세요."

분노한 박동철 검사가 그 모습을 똑똑하게 지켜보고 있었다.

"예, 검사님!"

＊   ＊   ＊

콩떡 사장의 사창가 건물로 들어섰을 때 벽을 부수는 소리가 내 귀에 들렸고, 나는 그곳을 향해 뛰었다.

개미굴에서 익힌 경험으로 이런 곳에는 비밀 방이 수도 없이 많다는 것을 알고 있다. 인신매매와 불법 감금이 이루어지는 곳에선 비밀스러운 방이 존재할 수밖에 없다.

어떻게 되었던 욕망에 굶주린 남자들에게 납치한 여자들을 팔기 위해서는 반항심부터 꺾어놔야 하니까.

모든 인간에게는 반항심이 있고 투쟁심이 존재한다. 하지만 절망적인 순간에 놓였을 때는 자포자기를 하는 성향도 있다.

매를 맞고 사는 여자들이 그렇다. 그런 면을 이용하는 것이다. 절대 자신은 이곳을 빠져나가지 못할 거라는 절망감과 공포를 심어준 후 욕망에 사로잡힌 남자들에게 파는 것이다.

'이곳에 있는 모든 수컷이 범죄자다.'

어떤 여자는 남자를 상대하면서 구해달라고 애원했을 것이다. 다들 조금씩 한국말을 배웠을 테니까.

하지만 지금까지 그런 도움 요청을 받고 신고를 한 놈들은 단 한 명도 없었다. 그러니 단순 매춘을 하러 온 놈들도 오늘은 시쳇말로 뭐가 됐다고 보면 된다.

나는 그냥 단순 매춘으로 처벌할 생각이 없으니까.

"저기다."

"충성!"

내가 쪽방 복도 모퉁이를 돌자 나를 알아본 순경들이 경례를 했고, 나는 그 경례를 무시하고 허물어진 벽을 노려봤다.

'아니기를 바랐는데…….'

내가 저지른 헛지랄이기를 진심으로 바랐다.

그런데 현실이 됐다. 저 안에 있는 여자들이 한국 국적을 가진 여자들이든 중국 국적을 가진 밀항자들이든 상관없이 그녀들에게는 저 좁은 쪽방이 지옥일 것이다. 그리고 우리는 그 지옥에서 그녀들을 구원해 줘야 할 의무가 있었다.

"이, 이런 미친… 개새끼들!"

지원 나온 수사관이 급하게 고개를 돌려 나와 눈이 마주쳤다. 지원 나온 수사관 역시 자신이 본 것을 믿을 수 없다는 눈빛이다.

"거, 검사님!"

"…전원 다 체포하세요."

"예, 검사님!"

"어서 움직이세요! 단 한 새끼라도 이곳에서 도망치면 시말서를 떠나 문책을 받으실 겁니다!"

"예, 알겠습니다. 제 아들의 이름을 걸겠습니다."

아버지가 아들을 건다는 것은 그도 분노했다는 의미일 것이다. 그렇게 수사관이 밖으로 뛰어갔고, 나는 천천히 여전히 겁을 먹은 여자들을 봤다.

"여기서 한국말 할 줄 아는 분 있으십니까?"

밀항선을 타는 사람들 중에는 한족보다는 조선족들이 더 많다. 말이 통해야 일을 할 수 있고 더 많은 월급을 받을 수 있기에 그렇게 밀항을 해서라도 코리안 드림을 꿈꾸는 것이다.

물론 공식적으로, 합법적으로 입국하는 재중 동포도 많다.

하지만 그만큼 많은 돈이 들고 시간이 늦어지기에 이렇게 목숨을 걸고 밀항을 하는 것이다.

"없으십니까? 저는 대한민국 공안인 박동철 검사입니다."

중국은 경찰을 공안이라고 부른다. 그리고 그 어떤 정부기관보다 두려워한다.

"여러분을 구해 드리려고 왔습니다."

"정, 정말임까?"

여자 하나가 떨리는 목소리로 내게 물었다. 하지만 여전히 그녀는 신분을 밝힌 나도 믿을 수 없다는 눈빛을 보이고 있었다.

"믿으셔도 됩니다. 여러분을 고향으로 보내드리겠습니다."

"정, 정말임까?"

"예."

"흑흑흑! 살려주십시오. 흑흑흑!"

여자가 울기 시작했다. 아니, 대성통곡을 했다.

그리고 그때 여순경들이 쪽방 안으로 들어서면서 표정이 굳었다. 우선 쪽방에서 뿜어지는 악취 때문에 표정이 굳었고, 이 안에서 여자 둘이 감금당해 있다는 것 때문에 경악했다.

"검, 검사님!"

"우선 저 두 분을 병원으로 이송해서 건강 상태부터 확인하세요. 잘 부탁드립니다. 겁먹지 않게 조심해서 모셔야 합니다."

"예, 검사님!"

"어떻게 되었던 우리의 잘못입니다. 법을 똑바로 집행하지 못한 제 잘못이고 여러분의 잘못입니다."

내 말에 여순경 둘이 지그시 입술을 깨물었다.

"예, 알겠습니다."

두 여순경의 눈동자에 나에 대한 존경이 가득해졌다. 하지만 저런 눈빛을 받기 위해 이런 일을 하는 것은 결코 아니다.

어떤 면에서는 내 과거에 대한 속죄다.

그리고 그것이 내가 회귀를 한 이유일 것이고.

"일어날 수 있으세요?"

여순경 하나가 조심이 여전히 겁먹은 여자를 부축하며 밖으로 나갔고, 그 순간 나도 모르게 더 큰 분노가 끓어올랐다.

온몸에 멍 자국이 가득했다. 어둠 속에서 보지 못한 모진 구타의 흔적이 남아 있는 것이다.

"거기 여순경!"

이름을 모르기에 나는 그렇게 불렀다.

"예, 검사님!"

"의사한테 진단서 제대로 끊으라고 하세요. 제가 보기에는 저 정도면 최소 20주 나올 것 같습니다."

이건 압력을 넣어서라도 20주 이상을 끊으라는 의미다.

"풀 배팅이신가요?"

여순경도 내 별명을 아는 것이다. 하지만 웃지 않았다. 아니, 지금 이 순간에 웃을 수 있는 사람은 사이코일 것이다. 내 뒤에 있는 조명득도 웃지 않고 심각한 얼굴로 여자 둘을 보고 있으니까.

"아니요. 오버 배팅입니다."

"예, 검사님!"

"어서 조심히 모시세요."

그렇게 이 수색을 통해 두 명의 여자를 구했다.

"검사님!"

그때 내 이글거리는 눈빛이 걱정됐는지 지원 나온 다른 경찰이 나를 불렀다.

"왜 그러십니까?"

"눈동자에서……."

그 형사가 하지 못하는 말은 살기가 느껴진다는 말일 것이다.

"…지금부터 제가 하려는 일 막는 분은 그 자체로 공무집행방해죄로 처벌합니다."

"…예."

경찰이 지그시 입술을 깨물었다.

"지금부터 강경 진압하세요. 이건 명령입니다."

"예, 검사님!"

경찰들이 우렁차게 대답했다.

'법으로 안 되기를 바란다.'

바드득!

나는 나도 모르게 분노에 차 어금니를 꽉 깨물었다.

제8장
인생 꼬였네

"시발! 왜 이렇게 된 거야!"

"왜 이러는지 모르겠습니다."

다다닥! 다다닥!

급하게 사무실로 달려오는 발자국 소리가 들렸다.

"그냥 형식적인 단속 아니었어?"

포주는 놀란 눈빛으로 변했다. 이전까지는 업소를 단속할 때 형식적인 단속이 대부분이었고 사전에 알려줬다. 그런데 이번에는 다르다는 생각이 들었다. 아니, 다를 수밖에 없었다.

지금 이 업소를, 그리고 다른 모든 군산 사창가를 발칵 뒤집은 경찰과 수사관은 광주지검과 관할 경찰서, 그리고 서울지검과 시경에서 급파된 인원이니까.

군산경찰서에서 이번 작전에 대해 아는 사람은 유 반장밖에 없었고, 같은 시간 유 반장은 혼자 사무실에 앉아서 자신의 거취에 대해 심각하게 고민하고 있었다.

"그런 줄 알았는데……."

기도의 표정이 굳어 있고 포주의 표정도 일그러져 있었다.

"…여기에 있다가는 안 되겠어."

포주가 급하게 금고에서 돈을 꺼냈다. 그리고 돌아서는 순간 문이 벌컥 열렸다.

"공형식!"

박동철의 분노에 찬 외침에 콩떡 사장이 급하게 돌아섰다.

쉬이익!

퍼어억!

"으악!"

순간 박동철은 자신의 분노를 참지 못하고 달려들면서 테이블 위에 놓여 있던 유리 재떨이를 콩떡 사장에게 던졌다. 정통으로 묵직한 재떨이를 맞은 콩떡 사장이라는 별명을 가진 포주가 자신의 얼굴을 감싸고 쓰러졌다.

"너는 사람 새끼도 아니야!"

퍼어억!

분노의 일격이 뿜어졌다. 물론 잔뜩 겁을 먹은 기도 둘도 뒷걸음질을 치다가 경찰들에 의해 진압되었다. 아니, 더 정확하게 말하자면 다구리를 당했다고 보아야 했다.

퍼퍽!

"으악! 살, 살려주십시오."

포주가 내 모진 구타에 살려달라고 애원했다.

"넌 그런 애원할 자격도 없는 놈이야!"

퍼어억!

"크헉!"

또 한 번 거친 비명이 터졌다.

그와 동시에 포주가 바닥에 떨어져 반으로 두 동강이 난 유리 재떨이를 집어 들고 내 머리를 향해 찍었다.

물론 피할 수 있었다. 하지만 피하지 않았다. 내 몸에 상처가 난다면 나는 더 많이 놈을 때릴 수 있고, 부숴 버릴 수 있으니까.

퍽!

주르륵!

내 머리에서 피가 흐른다.

"으헉!"

나는 거친 비명을 의도적으로 질렀고, 내 비명이 놀란 경찰들이 우르르 달려와 내 상태를 확인하고는 분노에 휩싸인 눈빛으로 더 모질게 포주를 지근지근 밟았다.

퍽퍽! 퍽퍽!

"으악!"

"어디 버러지 같은 새끼가 우리 검사님께 위해를 가해!"

"으아아악! 사, 살려줘!"

"닥쳐!"

퍼퍽!

"으악! 버, 법대로 해! 살려줘!"

포주는 그렇게 꽤 오랜 시간 절규해야 했다.

"괜찮으십니까, 검사님?"

형사 한 명이 내 머리에 흐르는 피를 보고 놀라 물었다.

"…아프네요."

"왜……."

형사는 아는 것 같았다.

내가 의도적으로 피하지 않았다는 것을.

"검사가 이 정도로 다쳤다고 하면 언론은 이번 강압 체포에 딴소리를 하지 않을 겁니다."

"예?"

"붕대 좀 가져다주세요. 칭칭 감고 나가야겠어요."

"검사님은……."

형사는 말은 안 했지만 눈빛만으로 '똘기'가 있다고 말하는 것 같다.

"예, 똘기가 좀 있죠."

"죄송합니다."

"일망타진합시다. 다른 업소는 어떻게 됐습니까?"

"전화해 보겠습니다."

형사는 바로 주머니에서 핸드폰을 꺼냈다.

따르릉! 따르릉!

"그쪽 상황은 어때?"

―이런 개새끼들은 처음 봅니다.

전화를 받은 경찰의 목소리가 핸드폰을 넘어 내 귀에까지 생생하게 들리는 것을 보니 상황은 비슷한 것 같다.

"전원 다 체포하라고 하세요. 단순 매춘자들도 체포하세요."

"예, 검사님!"

형사가 내게 말하고 고개를 돌렸다.

"다 체포해. 매춘한 새끼들도 다 체포해."

―항구파 놈들도 개입된 것 같습니다.

"그것들도 다 체포해."

―예!

그렇게 우린 긴급으로 조직폭력단인 항구파도 일제 검거를 시작했다. 작전 개시가 시작됨과 동시에 도망을 친 일부 항구파 조폭들에게는 내 독단으로 현상금까지 걸었다. 물론 지검장님이 알게 되면 노발대발할 일이지만 사태가 결코 작은 일이 아니기에 뭐라고 하시지는 못할 것이다.

'해경만 잘해주면 되는데……'

물론 이 시간 서해안의 거의 대부분의 해경은 일제히 일부 인원만 살고 있는, 미리 파악이 된 유인도를 급습하고 있을 것이다.

그렇게 지원 요청을 했으니까.

"그런데 검사님!"

그때 포주의 수갑을 채우던 형사가 나를 불렀다.

"왜 그러시죠?"

"이 새끼, 병원부터 보내야 할 것 같습니다."

"생명에 지장 없습니다."

급소를 피해 아픈 곳만 집요하게 때렸다.

"예?"

내 말에 형사가 놀라 나를 봤다.

"범죄자들에게 인권은 없습니다. 저는 그렇게 생각합니다."

내 말에 다시 한 번 형사들이 놀랐다.

"하여튼 조심하세요. 피 보시면 감봉 처리할 겁니다."

분노를 폭발시키니 이성이 돌아왔다.

"예, 검사님. 그리고 여기 붕대."

형사 한 명이 내게 붕대를 내밀었고, 나는 바닥에 흐른 피를 붕대에 적셔 내 머리에 감았다.

일명 쇼다.

아마 지금쯤이면 지방 언론과 인터넷 기자들이 밖에서 우리를 기다리고 있을 것이다.

"갑시다. 다 됐는데."

누가 보면 엄청나게 다친 것처럼 보일 것 같다. 물론 병원에 가면 몇 바늘 꿰매야 할 것이다. 하지만 머리카락이 있는 부분이라 크게 보이지는 않을 것이다.

"검사님은 참……."

"또라이죠. 나갑시다. 기다리고 있을 것 같은데."

*   *   *

군산경찰서 강력반.

강력반 유 반장이 자신의 책상 앞에서 담담한 표정으로 지그시 눈을 감고 있고, 나머지 경찰들은 자신들도 모르는 이 거대한 체포 작전에 놀란 눈빛을 숨기지 못하고 있었다.

"유 반장님!"

경찰 몇이 지그시 눈을 감고 있는 유 반장 쪽으로 다가와 유 반장을 불렀다.

"유 반장님!"

그제야 유 반장이 눈을 떴다.

"왜?"

"서울에서 온 검사가 우리 따 시키고 완전히 엿 먹인 겁니까?"

"무슨 엿?"

"군산경찰서 소속 경찰만 쏙 빼고 움직이잖아요."

"그런가?"

"그렇잖습니까? 지금 난리도 아니랍니다."

"우리가 믿음이 안 가나 보지."

"예?"

"비밀 작전인데 어떻게 알았어?"

유 반장의 말에 경찰들의 표정이 굳었다.

"그, 그건……."

"연금 받고 싶지?"

"유, 유 반장님!"

"그럼 전화 부숴 버려. 서울에서 온 그 검사 별명이 풀 배팅이고 끝까지 간다래. 그게 아니면 나처럼 이렇게 이런 거 준비하던가."

유 반장은 자신의 책상에서 사직서를 꺼내놓았다.

"유…, 유 반장님!"

"내 방식이 잘못이었네."

유 반장은 인상을 찡그렸다. 그리고 조명득과 소주 한잔할 때를 떠올렸다.

군산 외곽의 포장마차.

"후배가 선배를 이런 곳까지 불러내도 되나?"

유 반장이 포장마차에 들어서면서 자리에 앉아 있는 조명득을 보며 말했다.

"오셨습니까, 선배님!"

"주인은 어디 가고 객만 있냐?"

"오늘 하루 이 포장마차 통째로 빌렸습니다."

"검찰 수사관으로 신분 세탁을 하니 돈이 많아졌나 보네."

"그러게요. 선배님 인생을 사려는데 이 정도는 써야죠."

"뭐?"

"앉으십시오. 잡아먹지는 않을 테니까."

조명득의 말에 유 반장은 자리에 앉았다.

"소주 한잔하자는 것이 아닌 모양이네."

"소주 한잔하시려고 여기까지 오셨습니까?"

물론 유 반장도 군산 외곽 지역까지 오라는 조명득의 전화를 받고 고민했다.

정말 말 그대로 소주 한잔하려고 부른 것은 분명 아닌 것 같았으니까.

"그러네."

유 반장이 소주잔을 내밀었다.

"벌주 석 잔 드십시오."

"뭐?"

조명득의 말에 유 반장이 황당한 표정을 지어 보였다.

"이 잔은 경찰 후배가 선배님한테 드리는 벌주입니다."

조명득이 그렇게 말하고 유 반장을 봤고, 유 반장은 잠시 조명득을 보다가 소주를 마셨다.

"으음……."

졸졸졸!

"이 잔은 자신의 범죄자들에 대한 철학이 실패로 끝났다는 것을 느끼지 못하는 유동근 경위에게 주는 벌주입니다."

"내 범죄자에 대한 철학이 실패했다고?"

"드십시오."

유 반장은 다시 조명득을 보다가 소주를 마셨다.

"마지막 벌주는?"

"비리 경찰로 낙인찍히실 가여운 인간 유동근에 대한 벌주입니다."

그제야 유동근 반장은 지그시 입술을 깨물었다.

"나를 아는 것처럼 말하지 마!"

탁!

유 반장은 세 번째 잔을 마시고 탁 소리가 나도록 잔을 내려놨다.

"이거 읽어보십시오."

조명득이 내사과에서 해킹한 자료가 든 봉투를 유 반장에게 내밀었다.

"뭔 자료인데? 내 비리에 대한 자료인가?"

유 반장이 피식 웃었다.

"아시네요."

"옷을 벗을 때인 모양이군. 군산만큼은 범죄자들이 통제되는 곳으로 만들고 싶었는데……."

"그게 가능하다고 보십니까?"

"범죄자들은 절대 사라지지 않아. 그러니 통제를 해야 하지."

"제가 본 영화 중에 유 반장님과 똑같은 생각을 하고 만든 영화가 있습니다."

"그런데?"

"새로운 세계를 만들겠다는 경찰 수뇌부의 프로젝트죠."

"뭐, 경찰을 조직에 투입시킨다는 그런 영화? 홍콩 무간도라는 영화처럼?"

"비슷한 내용이죠. 제가 본 영화도 신세계를 만들겠다는 그런 허무맹랑한 영화였죠."

"그래서?"

"결국 물이 듭니다. 경찰이 조폭과 같이 있으면 조폭이 되고, 조폭이 경찰과 같이 숨 쉬고 생활하면 경찰처럼 생각하게 되죠. 무슨 말인지 아시죠?"

조명득의 말에 유 반장은 지그시 입술을 깨물었다.

"선배님은 이도 저도 아니시거든요. 올 인을 하지 않았으니까."

"으음······."

유 반장이 길게 신음 소리를 토해냈다.

"···내게 하고 싶은 말이 뭔가?"

"옷, 벗으셔야겠습니다."

"검찰까지 나를 수사하는 건가?"

이미 자신에 대한 내사를 무마시켜 주겠다고 약속을 받은 상태이다.

"선배님이 생각하는 신세계, 그거 우리가 한번 만듭시다."

"뭐?"

"무간도라는 영화처럼 지옥에 우리 사람을 한번 넣어보자고요."

"도대체 무슨 소리를 하는 거지?"

"청명회라는 개인 조직이 있습니다. 조직이라고 하니까 조직 같은 느낌이 드실 텐데, 범죄 단체는 아니고 말 그대로 깨끗하게 세상을 만들자는 그런 친목 단체입니다. 지금 세상은 경찰로는 안 됩니다. 물론 검찰로도 안 됩니다. 그러니 선배님 혼자서는 아무것도 못합니다."

"나보다 더 엉뚱한 생각을 하고 있군. 한잔하겠나? 나만 벌주를 석 잔이나 마셨잖아."

"예."

조명득이 두 손으로 잔을 내밀었다.

"자네는 이걸로 안 돼."

유 반장이 어묵이 들어 있는 사발의 내용물을 바닥에 버리고 조명득에게 내밀었다.

"저도 석 잔입니까?"

"우선 나는 아직 포기하지 않았고."

콸콸! 콸콸!

"내 소신에는 변함이 없고."

콸콸! 콸콸!

"그 신세계라는 것을 만들고 싶으니까."

"마시면 됩니까?"

"선배를 사랑하는 만큼만 마셔. 나머지는 내가 마실 테니까."

유 반장의 말에 조명득이 피식 웃다가 소주가 가득 담겨 있는 사발에 살짝 입만 대고 잔을 내밀었다.

"우리 사랑하는 사이 아니잖아요."

"뭐?"

순간 엄숙해질 것 같은 상황이 코미디가 됐다.

"그 잔 다 비우면 청명회 간부가 되시는 겁니다. 물론 불명예스럽게 경찰 제복은 벗어야겠지만 말입니다."

"하, 인생 꼬였네."

유 반장은 사발에 가득 담겨 있는 소주를 단숨에 들이켰다.

군산경찰서 강력반.

"…인생 꼬였네."

유 반장은 그렇게 말하고 사표를 들고 경찰서장에게 갔다. 그 모습에 기겁한 형사들이 너나 할 것 없이 바로 핸드폰을 껐다.

"지금 왜 사표야?"

경찰서장도 인상을 찡그리고 있었다.

"누군가는 총대를 메야 하지 않겠습니까?"

"그래서 너가 총대를 메려고?"

경찰서장이 요상한 눈빛으로 봤다.

"각자 몫만큼 메는 거죠. 충성!"

유 반장은 사표를 경찰서장의 책상 위에 올려놓고 경례를 했다. 이 순간 경찰서장은 인상을 찡그릴 뿐이다. 아니, 유 반장을 걱정할 여유가 없었다.

자신도 꽤 많이 받아먹었으니까.

"인생 꼬이셨습니다. 저도 그렇고요."

"으음……."

저벅저벅!

그렇게 유 반장은 자신의 인생 한 막을 끝내고 새로운 막을 열었다.

청명회 간부 유동근.

박동철에게 새로운 무기가 생겼다.

군산지검 박동철 검사실이 있는 복도 비상계단.

"…그렇게 된 겁니다."

어두운 복도에서 누군가 전화를 걸고 있다.

ㅡ알았어. 인생 꼬일 뻔했군.

또 누군가가 차갑게 대답했다.

　　　　　*　　　　　　*　　　　　　*

붕대를 칭칭 감고 좁은 복도를 나서자 내 모습을 본 경찰들과 수사관들이 놀란 눈으로 나를 봤다.

"검사님, 괜찮으십니까?"

"엄청 아파요~"

최대한 엄살을 부렸다. 그리고 조명득은 나를 알기에 묘한 눈으로 내게 다가와 내 옆에 섰다.

"신경 쓰시지 마시고 하던 일 하세요."

"예, 검사님! 이 망할 새끼들!"

퍽!

내 부상에 체포된 범죄자들이 여기저기서 조금만 이상한 행동을 하면 몰매를 맞았다.

정말 엄청난 과잉 진압이다.

"쇼제?"

조명득이 나만 들을 수 있을 정도의 목소리로 물었다.

"생방송이잖아."

"하여튼 니는……."

"쉿, 누가 듣겠다."

"하여튼 검사님은 똘기 충만하십니다."

"검사한테 할 소리냐? 불러 모으라는 것은?"

"밖에 쫙 깔렸다."

처음 우 실장을 잡을 때 언론을 너무 우습게 봤다.

그리고 언론이 여론을 좌지우지한다는 것도 알았다. 비록 내가 과격하게 총을 쏜 것도 잘못이라면 잘못이겠지만, 그 총질에 수많은 형사와 범죄자들까지 인명 피해 없이 작전을 끝냈다.

하지만 나는 좌천됐다. 물론 좌천된 것은 별 감흥이 없다. 어느 곳이든 범죄자만 잡으면 되니까. 하지만 그날 이후 나도 언론이 무기가 된다는 생각을 했고, 무기라면, 그리고 도구로 쓸 수 있다면 철저하게 이용하겠다고 결심했다.

"기레기들까지 모으느라 돈 좀 썼다."

요즘 조명득은 돈 쓰는 재미가 쏠쏠한 모양이다.

'자기 돈 아니라고 막 쓰네.'

나는 조명득을 보며 피식 웃었다. 물론 그렇게 쓰라고 만든 자금이니까 불만은 없다.

돈? 그건 또 벌면 된다.

지금 내 비밀 통장과 차명 계좌에는 5,000억 정도가 있다. 몇 달 전까지만 해도 3,000억이었는데 그사이 배당을 받기도 했고, 미국에 있는 사과를 엄청 좋아하는 핸드폰 만드는 회사 주식이 엄청나게 올랐다. 아마 그 주식들을 팔면 국내 재벌도 부럽지 않을 것이다.

이 모든 것이 회귀를 했기 때문일 것이다. 하지만 회귀를 했다고 모두가 성공할 것 같지는 않다. 내가 좌천도 되고 이러니까. 그리고 뚜렷한 미래의 기억이 있다고 해도 의지가 분명하지 않으면 성공할 수 없을 것이다.

'나 말고도 있을 수 있으니까.'

요즘 그런 생각이 든다. 나 말고도 회귀자가 있을지도 모른다는 생각. 내게만 기적이 일어나라는 법은 없다. 하여튼 조명득은 기승전돈이다. 돈은 정말 귀신도 부린다는 말이 진실인 것 같다.

"가봅시다. 모인 기자들 앞에서 현장 브리핑을 해야 하니까요."

"군산지청에서도 지검장님이 브리핑 준비를 하고 계신답니다."

조명득이 내게 말하고 씩 웃었다.

"혹시……"

"거기는 좀 썰렁할 겁니다."

*　　　　　*　　　　　*

지검장실.

지검장은 정복을 입고 한창 브리핑 연습을 하고 있었다.

"이거 후배 놈 때문에 팔자에도 없는 사건 브리핑을 다 하네.

이번 사건은 밀항자들을 납치하여 강금, 아니, 감금하고… 미치겠네."

지검장은 거울을 보며 인상을 찡그렸다.

"박동철이한테 너무 말린다니까."

그러면서도 씩 웃었다.

똑똑!

그때 지검장의 비서급인 사무관이 노크를 하고 들어왔다.

"지검장님!"

사무관의 표정이 좋지 않았다.

"브리핑 시간 됐습니까?"

"그게……."

"왜요?"

"…그게요."

"그게 뭐요?"

"사건 브리핑 취재를 나온 기자들이 모두 급하게 나갔습니다."

"급하게?"

"예."

"…생방송도 있다면서요?"

"생방송이라서 현장으로 간다고 합니다."

"뭐요?"

"TV를 켜보시면……."

사무관의 말이 끝나기가 무섭게 지검장은 TV를 켰다.

붕대를 칭칭 감고 있는 박동철의 얼굴이 보인다.

"왜 저기 기자들이 다 가 있는 거야?"

"그, 그러게요."

사무관은 지검장이 잔뜩 기대를 하고 있는 것을 알기에 말꼬리를 흐렸다.

"내가 당했네. 허허허!"

처음에는 박동철이 괘씸했지만 지검장은 이 순간 박동철이 무슨 의도로 저러는지 알 것 같았다. 그래서 호탕하게 웃었다.

"짜슥~ 이제야 언론 플레이를 좀 하네."

"괜찮으세요?"

"괜찮죠. 시간 벌었네. 내일 공식 브리핑까지 연습이나 죽어라 해야겠네. 짜식, 가르친 보람이 있다니까."

물론 지검장이 가르친 것은 없다. 하지만 어떻게 되었던 이 모든 일은 결국 지검장의 공으로 돌아올 것이다. 그렇게 박동철이 유도할 테니까.

─박동철 검사님, 과잉 진압을 했다는 의혹이 있습니다.

기자 하나가 다짜고짜 과잉 진압이 아니냐고 박동철에게 묻는 모습이 보인다.

＊　　　　＊　　　　＊

"박동철 검사님, 과잉 진압을 했다는 의혹이 있습니다."

기자 하나가 과잉 진압이라고 내게 물었다. 하지만 그 기자의 시선이 조명득에게 향하고 있다. 돈 받아먹은 기자라는 말이다.

물론 돈을 받았다고 쓰레기는 아니겠지만 말이다.

"검사인 제가 이렇게 큰 부상을 입었습니다. 과잉 진압이 아니라 최소한의 방어를 한 것입니다."

내 말에 방송 카메라와 기자들의 카메라가 내 머리를 향해 촬영하고 사진을 찍었다. 하얀 붕대는 이미 붉게 피로 물들어 있었다. 그 피의 일부는 물론 포주가 흘린 것이다.

"그렇군요. 검사님께서도 상처를 입으셨군요. 범죄자들이 흉악하기는 한 것 같습니다."

"이번 사건은 인간적으로, 또 이성적으로 접근해서는 안 되는 사건입니다. 인간적으로 생각하면 결코 일어날 수 없는 사건이기도 하고요."

그렇게 나는 브리핑을 이어갔고, 실시간으로 내 브리핑이 중계가 되는 것 같다.

'돈 많이 썼네.'

물론 어떤 면에서는 사회적 이슈가 될 것이다.

그리고 무척이나 부끄러운 일이 될 것이다.

"불법 밀항자를 알선하고 밀항에 성공한 조선족이나 중국인 여자들을 납치해서 이런 유흥가에 인신매매를 했다는 겁니까?"

"그렇습니다. 이건 인격 살해 범죄 이상의 범죄입니다. 저기를 보십시오."

그때 여순경의 보호를 받으며 두 명의 여자가 건물에서 나와 구급차를 탔다.

찰칵! 찰칵!

"찍지 마십시오! 저분들에게도 인격과 인권이 있습니다! 저분들은 불법이지만 목숨을 걸고 이 대한민국까지 와서 인간 이하의 대우를 받으며 지옥에서 겨우 구원을 받은 분들입니다!"

내가 버럭 소리를 지르자 기자들이 나를 봤다. 그리고 절대 저 여자들에 관해 뉴스화하지 않겠다는 눈빛을 보였다.

물론 그렇게 안 된다면 조명득이 돈을 써서 막으면 그만이다.

"예, 알겠습니다."

"저런 분들이 군산을 비롯해 목포와 창원, 그리고 마산에까지 퍼져 있습니다. 이건 전국적으로 인신매매가 아직 이 나라에 만연해 있다는 겁니다. 또한 자발적인 인신 구금도 이루어지고 있습니다."

"자발적인 인신 구금이라고 하셨습니까?"

"그렇습니다. 빚의 굴레에 묶여 스스로 이런 사창가를 떠나지 못하는 겁니다."

찰칵! 찰칵!

"이런 일이 대한민국에서 일어나고 있습니다. 이러니 범죄자들을 검거하는 상황에서만큼은 범죄자들의 인권이 어느 정도는 무시되어야 한다고 봅니다."

사실 이건 브리핑이 아니다. 특히 검사가 기자들에게 하는 사건 브리핑은 더욱 아니다. 말하자면 내 의견을 발표하는 웅변장 같다. 이러려고 조명득이 돈을 쓴 거지만.

"으으윽!"

그때 경찰 한 명이 허리에 피를 흘리며 실려 나왔다.

"저 경찰은 무슨 죄가 있어서 저렇게 다쳤습니까! 범죄자를 체포하는 과정에서 저렇게 목숨을 걸어야 합니까?"

나는 지금 언론을 설득하고 있는지도 모른다. 아니, 어떻게든 내 쪽으로 유리하게 유도하고 있었다.

"해경과 공조 수사를 하고 있다고 들었습니다."

"일부 섬까지 팔려간 불법 체류자들이 있습니다. 그 모든 범죄를 일망타진할 겁니다."

이건 다짐이다.

"이상 사건 브리핑을 끝내고 공식적인 검찰의 사건 브리핑은 군산검찰청에서 있을 겁니다."

찰칵! 찰칵!

브리핑을 끝냈다고 하니 모두가 사진을 한 장이라도 더 찍겠다고 달려들었다. 이제는 멋지게 현장을 떠나주면 된다. 시쳇말로 저 기자들은 눈빛만으로는 내게 박수를 보내는 것 같다.

그러니 박수칠 때 떠나야 한다.

＊　　　　＊　　　　＊

부르릉! 부르릉!

땅거미가 지고 있는데 칠곡의 국도변에 한 대의 봉고차가 급하게 어디론가 가고 있다.

"예?"

봉고차 안에는 살짝 긴장한 사람들이 돈을 벌 수 있다는 꿈을 꾸면서 창문 밖을 보고 있었다.

―그 봉고차, 흔적도 남기지 말고 태워 버려! 활활!

"왜요?"

―태워! 오래 썼잖아!

"여기 칠곡인데요. 그리고 물건도……."

―그것들, 운 좋네. 그냥 보내. 어서!

"예, 박 사장님!"

봉고차 운전자 옆에 앉아 있던 남자가 인상을 찡그리며 운전자를 봤다.

"차 세워!"

"예?"

"차 세우라고!"

끼이익!

칠곡 국도변에 봉고차가 섰다.

"왜 그럼까? 무슨 일 있슴까?"

"내려!"

전화를 받은 남자가 자신에게 차가 멈춘 이유를 묻는 조선족 남자를 노려봤다.

"예?"

"시발~ 내리라고!"

남자가 버럭 소리를 질렀다.

"왜 이럼까? 월 200 주는 일자리 준다고 했잖씀까?"

"그냥 내리라면 내려, 이 짱깨 새끼야!"

남자가 버럭 소리를 질렀고, 마지못해 여섯 명의 남자와 여자들이 급하게 차에서 내렸다. 어떤 면에서 봉고차를 탄 사람들은 어이가 없는 순간이었다. 하지만 그들은 지금 모를 것이다. 천운으로 살아났다는 것을.

"가!"

부르르릉!

그렇게 급하게 봉고차가 국도변을 달려 멀어지는 것을 여섯 명의 노숙자와 밀항자들은 어이없다는 표정으로 지켜봐야 했다.

"저 새끼, 우리한테 지금까지 똥 나발을 분 거네."

"이게 뭐고?"

그저 차에서 내려진 사람들은 황당할 뿐이다.

*   *   *

끼이익!

봉고차가 섰다.

"다 닦아."

"예?"

"차에 지문 남았을지 모르니까 다 닦으라고!"

전화를 받은 남자가 버럭 소리를 질렀다. 그리고 봉고차가 이 으슥한 곳까지 오면서 주유소에 들러 꽤 많은 휘발유를 샀다. 그리고 자신들이 어디에 있는지도 알렸다.

"저기 오네."

"무슨 일입니까?"

"인생 꼬일 뻔했다."

끼이익!

그때 고급 외제차 한 대가 섰다.

"타!"

"예, 부장님!"

전화를 받은 남자가 짧게 대답하고 여전히 영문을 모르는 운전자를 봤다.

"휘발유 뿌리고 태워!"

"대포차지만 아깝잖습니까?"

"시발 놈아, 그냥 시키면 좀 시키는 대로 해라. 월미도 가서 옛
날처럼 조개나 캘래?"

"아닙니다, 따거!"

따거.

지금 이 남자들의 정체가 이 '따거'라는 단어 하나로 명확해졌
다. 인천 출신 화교들이었다.

"태워!"

쫘악! 쫘아악!

그렇게 몇 통의 휘발유가 뿌려졌고, 그와 동시에 지포라이터
를 이용해 봉고차에 불을 붙였다.

화아아악!

퍼퍼펑! 퍼펑!

순식간에 화염이 뿜어졌고 봉고차는 화염에 휩싸여 활활 타
올랐다.

"…화염이 멀리까지 가겠는데요."

"대형 박스카 준비되어 있다."

"예."

전화를 받은 남자가 씩 웃었다.

"이렇게 또 한 고비 넘기네. 돈이 좋다니까."

"가자!"

"예, 따거!"

"부장님!"

부장이라고 말한 남자가 눈을 흘겼다.

"예, 부장님! 하하하!"

그렇게 고급 외제차를 타고 봉고차를 불태운 사람들이 사라졌다.

*   *   *

고속도로 통제실.

"예?"

오 수사관의 말에 고속도로 직원이 멍해졌다.

"그냥 3일 전부터 CCTV 녹화해 놓은 것 다 달라고요."

물론 말을 하고 있는 오 수사관도 답답하기는 마찬가지다.

어떤 면에서는 한동안 인생 꼬인 것이나 다름없으니까.

저 많은 CCTV 동영상을 다 확인해야 한다.

물론 지금은 군산과 주변 지역의 CCTV를 확보하는 중이지만 말이다. 하지만 분명한 것은 이미 모든 증거는 소멸됐다는 것이다.

내부의 적 때문에.

제9장

최은희를 마셔라!

사실 창도에는 대부분의 가옥이 독립가옥이다. 마 수사관과 경찰은 그곳에서 여자를 개돼지처럼 패고 있는 남자를 보며 분노에 휩싸였다.

　"아니, 지금 뭐 하는 겁니까!"

　마 수사관이 버럭 소리를 지르자 어린 아내를 패던 우락부락하게 생긴 남자가 화들짝 놀라 마 수사관과 경찰을 봤다.

　"남의 집안일에 신경 끄소!"

　"지금 하시는 짓이 폭행인 거 압니까?"

　"주밍아! 사, 살려주세요!"

　살려달라는 중국어에 마 수사관의 눈동자가 번쩍였다.

　"멈추라고 했습니다."

　"이게 미쳤나? 낚시를 하러 왔으면 낚시나 하고 갈 것이지!"

"우린 군산검찰청 수사관입니다. 당신을 불법 감금 및 폭행, 인신매매에 관한 특별법 위반으로 체포합니다. 당신은 묵비권을 행사할 수 있고 변호사를 선임할 수 있습니다."

"뭐? 무슨 개소리를 하는 거야!"

남자가 체포라는 말에 화들짝 놀라더니 버럭 소리를 지르고는 헛간으로 달려갔다.

"막아!"

처음 마 수사관은 남자가 도주한다고 생각했다.

하지만 헛간에서 남자가 흉악할 정도로 큰 낫을 들고 나오며 살기등등하게 마 수사관과 경찰을 노려보자 어이가 없어졌다.

"뭐? 불법 감금? 내 돈 주고 산 마누라를 불법 감금했다고? 오갈 데 없는 짱깨 년을 데리고 잘 살아주고 있는데 뭔 개소리야!"

남자는 자신이 저지르는 짓이 범죄 그 자체라는 것을 느끼지 못하는 것 같았다.

"그 낫 놓으세요."

"싫다, 씨발 놈아! 이 섬에서 뒤지면 아무도 몰라."

물론 틀린 말은 아니다. 창도는 군산에서도 꽤 떨어져 있는 섬이고, 유인도이기는 하지만 무인도나 다름없는 곳이다. 다른 사람들의 관심에서 벗어나 있는 섬이니 이곳에서 죽으면 아무도 모를 것이다.

"뒤져라! 씨발!"

남자가 들고 있는 낫을 크게 휘둘렀다.

"뭔 일이데?"

그때 마 수사관의 뒤에서 남자 둘이 아무것도 모르는 상황에

집에 들어왔다가 소리쳤다.

"이것들이 우리의 마누라들을 빼앗아 간다네! 얼마를 주고 산 마누라인데 빼앗아 간대!"

순간 낫을 든 남자의 말에 마 수사관과 경찰은 자신의 귀를 의심했다. 마치 중국 시골 오지 마을의 소수민족 전통 혼례 방식인 일처다부제를 하고 있다는 것처럼 들렸다.

"뭐야?"

남자가 버럭 소리를 지르며 마당에 놓여 있는 삽을 집어 들었다. 1 대 2 상황에서 3 대 2로 바뀌는 순간이다.

"여기… 미친 것 같은데요?"

경찰이 주변을 살피며 말했다.

"조심하십시오, 박 경사님!"

"예!"

"저 새끼들, 경찰이라니까 죽여야 해!"

낫을 든 남자가 다시 한 번 소리쳤고, 셋은 마 수사관과 경찰을 포위했다.

"죽여!"

낫을 든 남자가 마 수사관에게 달려들었다.

남자는 마치 미친 사람처럼 낫을 크게 휘둘렀고, 마 수사관은 뒤로 물러나 간신히 낫을 피했다.

"이 잡놈의 새끼야!"

그리고 바로 뒤에서 삽을 든 남자가 경찰에게 삽을 휘둘렀다.

경찰 역시 겨우 자신을 향해 날아드는 낫을 피했다.

"이것들이 단체로 미쳤군!"

마 수사관이 낫을 들고 덤벼드는 남자를 노려보더니 바로 그에게 달려들었다.

쉬익!

다시 한 번 낫이 사선으로 번뜩였다. 하지만 마 수사관은 그 낫을 잡은 손을 낚아채고 바깥쪽으로 꺾었다.

"으악!"

퍼퍽! 퍼퍽!

그리고 다른 손으로 낫을 든 남자의 얼굴을 수차례 찍었고, 남자의 콧등이 함몰되면서 피가 주르륵 흘렀다.

부우웅!

퍽!

마 수사관이 낫을 든 남자를 완전히 제압하려는 때, 몽둥이를 주워 든 남자가 마 수사관에게 달려들어 어깨를 내려쳤다.

"으윽!"

마 수사관이 앞으로 쓰러졌고, 그 순간 삽을 든 남자가 마 수사관과 경찰을 번갈아 보더니 마 수사관을 향해 삽을 내려찍으려 했다. 그때 경찰이 하이킥을 날려 삽으로 마 수사관을 내려찍으려는 남자의 목 옆을 강하게 찼다.

"컥!"

삽을 든 남자가 앞으로 고꾸라지자 위기를 넘겼다는 것을 깨달은 마 수사관이 급하게 일어나 몽둥이로 자신을 후려친 남자의 멱살을 잡고 비틀었다.

"으으윽!"

그리고 바로 무릎으로 남자의 복부를 올려 쳤다.

"컥!"

명치를 맞아서 그런지 몽둥이를 들었던 남자가 컥 소리를 내며 앞으로 쓰러졌다.

철컥!

"아까도 말했듯이 당신들은 이제 법의 심판을 받게 될 거요."

마 수사관이 허리춤에서 수갑을 꺼내 낫을 든 남자를 손목에 채웠다. 그리고 그 남자를 개처럼 질질 끌고 가서 쓰러져 버둥거리고 있는 다른 남자의 손목에 수갑을 채웠다.

철걱!

그리고 다시 수갑 하나를 더 꺼내 낫을 든 남자와 몽둥이를 든 남자의 손목에 각각 수갑을 채웠다.

그 꼴이 서로 마주 보고 있는 것처럼 보이면서도 서로 양손으로 악수하듯이 양손이 X로 교차가 되어서 도주가 불가능한 자세가 됐다. 그리고 삽을 들었던 놈도 같이 묶인 것처럼 수갑을 찬 놈들 옆으로 끌고 와서 수갑으로 연결하듯 채웠다.

"상황 종료네."

형사가 휴 하고 길게 한숨을 쉬고 넋이 나가 있는 어린 여자를 봤다.

"걱정 마십시오. 우린 경찰입니다."

"사, 살려주세요."

여자는 여전히 겁을 먹고 있었다.

"고향이 어디십니까?"

"저… 사, 살려주세요."

다행스러운 것은 이 여자가 한국말을 조금 한다는 것이다.

"걱정 마십시오."

우르르! 콰콰쾅! 콰쾅!

그때 마른하늘에서 벼락이 쳤다.

후드득! 후득!

"정말 폭풍이 올 모양이네."

빠아앙~ 빠아앙~

비가 조금씩 떨어지기 시작할 때 해변에서 해경 순찰선의 경적이 크게 울렸다.

"고향으로 돌아가셔야죠."

마 수사관이 여전히 겁을 먹고 있는 여자에게 손을 내밀었다.

"집, 집에 보내주, 주나요?"

"예."

"흑흑흑! 흑흑흑! 마마… 마마!"

여자는 이제야 어깨까지 들썩여 흐느끼며 눈물을 흘리고 자신의 엄마를 불렀다. 이렇게 창도를 비롯한 서해안 26개의 유인도를 해경과 연계한 검찰과 경찰이 출동해 12곳에서 불법 인신 매매에 가담해 밀항한 여자들을 매매한 놈들을 체포하고 16명의 외국인 여자를 구해냈다.

그리고 머구리배, 일명 새우잡이 배라고 불리는 배에서도 납치당해 강제 노동을 당한 노숙자 출신 한국인 23명도 구조했다.

"한마디로 싹쓸이입니다!"

이번 작전에 투입된 해경도 혀를 내두르며 감탄했다. 이런 일이 있을 거라고 짐작하기는 했지만, 실제로 이런 일이 이렇게 아무렇지도 않게 일어났다는 것에 놀라움을 금하지 못했다.

"그러네. 이제 철수하자고."

"예."

그렇게 작전은 딱 하루 만에 종료됐다.

그리고 박동철에게는 이제부터가 본격적인 응징의 시작이다.

*　　　　*　　　　*

군산검찰청은 만원이었다. 범죄자들과 그 관련자밖에 없었는데도 그 수가 많다 보니 숨이 막힐 정도였다.

"육지에서 검거된 범죄자가 72명, 섬에서 검거가 된 범죄자가 28명입니다. 거기다가 따로 분류한 항구파 조직원이 19명입니다."

내 브리핑에 지검장님은 흐뭇한 미소를 보였다.

"제대로 한 건 했네."

"감사합니다."

"그럼 불법 감금을 당하고 인신매매, 강제 성매매를 당한 여성들은 몇 명이냐?"

"현재까지 52명입니다. 대부분의 여성이 중국에서 밀항한 조선족 출신이고, 일부는 한족도 있습니다."

"이거 완전 나라 망신이네."

"예, 지검장님!"

"이번에는 니 마음대로 풀 배팅해라."

"예, 그럴 참입니다."

"이번 일에 연루된 망할 새끼들은 그냥 다 중국으로 보내 버려야 속이 시원한데……."

사실 내 주관이 범죄자들에게는 인권이 없다는 거지만, 중국의 법은 그 주관이 법 집행에 해당됐다. 그리고 교도소도 중국의 교도소에 비한다면 우린 호텔 수준이다. 물론 형량 면에서도 중국이 훨씬 강하게 때리고. 아마 중국으로 넘어간다면 최소한 범죄자 중 40명 정도는 사형이 구형될 것이고, 그 구형이 결정되자마자 바로 사형이 집행될 것이다.

중국에서는 인신매매가 만연해서 인신매매 범죄자들에게 최고형을 때리는 경우가 많았다. 그리고 그런 흉악한 범죄자들은 묻지도 따지지도 않고 바로 사형을 집행했다.

'다른 것은 몰라도 그런 것은 좋은 나라네.'

물론 나 역시 법은 징벌적인 측면보다 교화적인 측면이 더 강해야 한다는 것은 공감한다.

그리고 죄는 미워해도 사람은 미워해서는 안 된다는 말도 있다. 하지만 나는 사람이 밉다. 이렇게 사람들을 지옥 끝까지 몰고 가는 악마들을 처단하고 싶다.

"그럴까요?"

내가 지검장님의 말에 동의하자 지검장님이 멍한 표정을 지었다. 마치 자신이 그래라 하면 정말 그렇게 할지도 모른다는 생각을 하시는 것 같다.

'마음 같아서는 그냥 드럼통에 시멘트랑 같이 부어서 바다에 집어 던져 버리고 싶네.'

속으로는 그렇게 뇌까렸지만 엄정한 법의 심판을 받게 할 참이다. 그리고 이런 일이 다시 일어나지 못하게 해야 한다.

"구형은 어떻게 할 거고?"

내 마음대로 풀로 구형하라고 하신 지검장님이지만 혹시나 하는 마음에 물었다.

"인신매매 주범급 다섯 명은 사형을 구형할 생각입니다."

내 말에 지검장이 바로 인상을 찡그렸다.

"…진짜로?"

"예."

"사형이 결정될까?"

"그래야 다른 놈들도 풀 배팅을 할 수 있습니다."

"그런데 사창가에서 단순 매춘으로 잡힌 사람들도 몇 있던데?"

사실 대한민국은 매춘 관련법에 대해 너그러운 면이 있다.

"확인하고 조치할 생각입니다."

"확인?"

"예, 납치된 여성들에게 구해 달라는 요청을 받았는데도 자기 욕망만 푼 놈들은 다를 것이 없습니다."

"그렇기는 해도 관련법으로는……."

법이 이래서 지랄이다.

"성매매 관련된 법으로 풀 배팅해서 구형할 참입니다. 그리고 카드 전표와 포주들의 수첩을 통해 매춘 관련자 1,250명의 신원도 확보했습니다."

"판을 키우려고?"

"전과 확대라고 보시면 됩니다."

내 말에 지검장님이 나를 뚫어지게 봤다.

"…동철아."

"예, 지검장님."

"너 서울로 돌아가고 싶어서 이러는 거 아니지?"

지검장님은 나를 잘 아신다. 그런데 그런 분도 내 진심이 의심되는 모양이다. 그러니 다른 사람들은 더하면 더하지 덜하지는 않을 것이다.

"이삿짐 다시 쌀 돈도 없습니다."

"너무 설치지는 마라. 보는 눈이 있다."

"예, 이번에는 언론이 제 편이 될 겁니다."

"하여튼 제대로 한번 수사해 봐라."

"예, 지검장님."

*　　　*　　　*

"이거 중국 대사관에 어떻게 설명해야 할지 모르겠습니다."

외교부 3과 외교부 공무원들은 군산지검에서 보낸 공식 공문을 보고 인상을 찡그렸다.

"백배사죄해야죠."

3과 과장이 담담하게 말했다.

"외교적으로 백배사죄라는 것은 거의 굴종적인……."

"우리는 일본한테 진심 어린 사과를 받기를 원하면서 왜 우리는 사과를 하지 않죠?"

"하지만 과장님……."

직원이 과장의 눈치를 보며 말꼬리를 흐렸다.

"왜요?"

"누가 보고를 드려야 할지……."

결국 외교적인 사과나 유감의 표시를 하려면 최소한 외교부 대변인이나 차관급 이상이 기자회견장에 나서야 한다.

그러니 이 사항을 누가 외교부차관과 장관에게 보고하냐고 말하는 것이다. 말 그대로 누가 고양이의 목에 방울을 달 것인지가 이 순간의 핵심이었다. 솔직히 과장에게 말을 꺼낸 직원은 마음 같아서는 몇 달 서랍 속에 묵혀두고 싶은 마음이었다.

"…직급 높은 사람이 보고해야죠."

과장의 말에 외교부 직원들은 안도의 한숨을 쉬었다. 이 자리에서 가장 직급이 높은 사람은 바로 과장이니까.

"…보충 자료 준비하겠습니다."

"그러세요."

고양이 목에 방울을 달 사람이 결정되니 분위기가 한결 부드러워졌다.

"…지금 나보고 기자회견에서 백배사죄라는 단어를 넣어서 중국 정부에 공식적으로 사과하라는 겁니까?"

외교부 장관이 보고를 하고 있는 과장을 노려보며 말했다.

"그 정도의 단어는 있어야 할 것 같습니다."

"다른 면에서 보면 이번 사건의 발단은 중국인들의 불법 밀항 때문에 일어난 일입니다."

"그렇습니다. 하지만 나라의 땅덩어리가 작다고 대국이 되지 말라는 법은 없습니다, 장관님!"

"뭐요?"

"다음 총선을 대비하셔야 하지 않겠습니까?"

"총선……."

"예."

"…생각해 보겠소. 청와대에도 보고를 하고……."

"청와대에 보고하면 아마 못 하게 할 겁니다."

"뭐요?"

"지금이야말로 이 정권과 돌아서야 할 때가 아니겠습니까? 이미 막차는 서서히 종점에 도착하고 있습니다. 정권이 끝나면 역풍이 불잖습니까?"

분명 외교부 직원으로는 할 만한 용어의 선택은 아니었다. 하지만 과장은 이미 청명회에서 연간 3억을 받는 간부급 회원이었기 때문에 이런 말을 한 것이다.

"…무슨 말인지 알겠네. 고심해 보지."

"예, 장관님."

"자네 혹시 정치할 생각 있나?"

장관이 과장에게 물었다.

"당분간 없습니다."

"그 당분간이 지나면 따로 보세."

외교부장관이 과장을 보며 미소를 보였다.

*   *   *

중국 북경 공연을 성공적으로 끝내고 입국 게이트를 나오고 있는 최은희의 패션은 생각 이상으로 수수했다. 하지만 최은희의 등장만으로도 많은 기자와 팬이 몰렸고, 최은희와 같은 시간 박동철의 요청으로 중국 공안의 승인 하에 입국하고 있는 은설이 엄정한 표정으로 자신을 호송하고 있는 두 공안 간부와 함께 입국하고 있었다.

"최은희다!"

잔뜩 무게를 잡고 있던 두 공안도 최은희를 보고 표정이 변했다. 그리고 시선이 최은희를 향해 돌아갔고, 최은희는 게이트를 빠져나오자마자 기자들과 팬들에게 둘러싸였다.

"최은희 씨! 중국 공연 반응은 어땠습니까?"

기자 하나가 빠르게 공황을 빠져나가려는 최은희에게 물었고, 최은희는 어이가 없다는 표정으로 기자를 봤다.

"그걸 정말 몰라서 묻는 건가요?"

북경 공연은 성공적으로 끝났다.

10만이 넘는 팬들이 공연장을 가득 채웠고, 또 10만이 더 넘는 팬들이 공연장 안으로 들어가지 못해 발을 동동 굴렀다. 그리고 공연 암표의 가격이 5만 위안, 우리나라 돈으로 1,000만 원에 육박했다는 후문이 있었다.

"하하하! 잘 알죠."

자신에게 말을 걸어줬다는 것만으로도 기자는 감격한 것 같다.

"최은희 씨, 굴지의 재벌 2세와 사귄다는 소문이 있던데 사실입니까?"

혹시나 하는 눈빛으로 연예부 기자들이 최은희에게 물었다. 사실 최은희에게 관심을 보이는 재벌 2세는 국외에도 많았다. 심지어 재벌 1세(?) 중에서도 최은희에게 공개 구혼을 하는 황당한 사건도 몇 번 있었다. 그만큼 최은희는 매력적이었다.

"내가 왜요? 내가 뭐가 아쉬워서 재벌 2세랑 사귀죠? 그 사람들은 부모 잘 만난 것밖에 없잖아요."

"그렇죠."

뭐든 시원시원하게 말하는 최은희였다.

"역시 최은희 씨입니다."

그리고 이렇게 한번 기자와 이야기를 하면 꽤 오랫동안 기자들의 질문을 받아주는 최은희기도 했다. 하여튼 최은희도 그렇고 박동철도 그렇고 특이한 인간인 것만은 확실했다.

"그럼 어떤 남자가 이상형입니까?"

질문을 한 기자도 옆에 있는 다른 기자도 눈동자가 반짝였다.

"제 이상형은 자신의 의지로 뭔가를 이루는 남자입니다."

물론 이 순간 최은희는 박동철을 떠올렸다. 그리고 그때 공항 대형 스크린에서 박동철 검사가 현장 인터뷰를 하는 뉴스 장면이 방송됐고, 최은희는 자신도 모르게 그 뉴스에 시선이 고정됐다. 눈치 빠른 기자들은 최은희의 시선을 따라 대형 스크린을 봤다.

"박동철 검사처럼 의지가 분명한 남자가 이상형입니까?"

사실 최은희만큼 요즘 박동철은 국민들의 관심의 대상이 됐다. 적극적인 수사와 당당하게 발언하는 것을 보고 돌발검사라는 말도 있고 법을 집행하는 엄정한 검사라는 여론도 있었다.

"예?"

"박동철 검사는 자신의 의지로 무엇인가를 이루는 남자잖습니까?"

기자가 자신의 애인인 박동철을 칭찬하자 최은희는 자신도 모르게 미소를 보였다.

"이상형이라고 해두죠."

최은희의 말에 기자들은 열심히 받아 적었다. 아마 내일, 아니, 오늘 스포츠신문 헤드라인은 최은희의 남자 박동철이라고 뜰 것 같다. 물론 낚시성 헤드라인이라고 해도 세계적인 스타로 성장한 최은희의 입에서 박동철의 이름이 거론되었다는 것만으로도 톱뉴스 감이 분명했고, 촉이 좋은 기자는 최은희가 말만 그렇게 하는 것이 아니라 정말 최은희가 박동철에게 관심이 있다는 생각을 하고 있었다.

그리고 혹시나 하는 생각에 기자들은 최은희의 스태프들 표정을 살폈다.

'당황하네? 뭔가 있다!'

촉은 그렇게 움직였다.

"그런데 무슨 사건이죠?"

최은희가 공항을 빠져나갈 생각은 안 하고 기자에게 물었다.

"중국 불법 밀항자 여성들을 인신매매해서 감금, 강제 성매매 사건을 일망타진한 사건입니다."

"그럼 우리나라 입장이 곤란해지겠네요."

최은희는 박동철의 사건이라 관심을 보였다.

"어떤 면에서는 그렇죠. 중국의 자국민이 대한민국에서 인간 이하의 대우를 받았으니까요."

"그렇군요."

최은희의 눈동자가 반짝였고, 그 눈동자에 최은희 매니저는 불안감에 휩싸였다. 요즘 공연이나 스케줄 펑크를 내지 않아 다행이라고 생각하고 있었는데 돌연 눈빛이 변하는 그녀를 보고 또 이번 사건이 박동철과 관련이 있다고 하니 불안감이 들었다.

그녀의 매니저는 최은희가 박동철을 면회 갔을 때부터 최은희의 매니저였기에 그 둘의 관계를 너무나 잘 알고 있었다.

"기자회견을 한번 해야겠어요."

최은희의 말에 기자들이 놀란 눈빛으로 변했다.

"은희 씨!"

매니저는 지금 이 순간이 돌발상황이라는 생각이 들었다.

"왜 그러시죠, 매니저님?"

"다음 스케줄이……."

"없잖아요."

"…예."

"최은희 씨, 무슨 기자회견을 하신다는 겁니까?"

기자들이 다그치듯 물었고. 매니저는 혹시나 박동철과 최은희의 관계를 스스로 밝히는 것은 아닌지 걱정됐다.

그리고 급하게 뒤로 물러나 기획사 대표에게 전화를 걸었다.

"대표님!"

—또 무슨 일이야? 입국은 꼬박꼬박 하잖아.

요즘 기획사 대표도 최은희가 사고를 치지 않는 것에 만족했다. 아니, 만족할 수밖에 없었다. 이번 중국 북경 공연과 공과 출현으로만 500억 이상의 수익을 올렸으니까.

특히 중국의 화장품 광고와 샤오미 핸드폰 광고 수익은 엄청났다. 또 칭다오 맥주 광고는 10년 전속 광고 계약이 성사되었는데 중국에 있는 다른 맥주 브랜드와는 광고 계약을 하지 않는다는 조건으로 계약을 성사시켰다. 그렇게 얻은 수익만 500억이고, 그 자체만으로도 최은희의 브랜드 가치는 세계적인 스타로 자리 잡고 있었다.

또한 칭다오 맥주는 최은희가 시원하게 맥주 한 잔을 마시는 광고만으로 매출이 30퍼센트 이상 올리는 기록을 만들어냈고, 다른 맥주 회사에서는 위약금을 물어줄 테니 종신 계약을 하자는 곳도 있었다.

"입국했습니다."

─그런데?

기획사 대표의 말에 기자에게 둘러싸여 있는 최은희를 매니저가 힐끗 봤다.

"공항에서 기자회견을 자청했습니다."

─혹시 박동철 검사와의 관계를?

기획사 대표의 표정은 그리 다급하지 않았다. 그 정도의 이슈로는 이제 최은희의 승승장구를 막지 못한다는 생각을 하고 있는 기획사 대표였다. 도리어 그냥 공개하면 좋겠다는 생각을 하기도 했다. 그럼 최소한 공연 펑크 같은 것은 안 낼 테니까.

─그냥 터뜨리라고 해. 그럼 공연 펑크 내고 귀국할지도 모른다는 불안감은 없잖아.

"그러네요."

매니저도 듣고 보니 그런 것 같기도 했다.

*   *   *

입국장 다른 공간.

"안녕하십니까? 대한민국 검찰청 유본승 사무관입니다."

박동철의 요청에 의해 검찰청 직원이 은설의 인도를 인접하기 위해 기다리고 있었다.

"북경 공안청 싸우에이입니다."

서로 신분을 밝힌 두 남자는 조심스럽게 악수를 했다.

"요청에 적극 도움을 주셔서 고맙습니다."

검찰청 유본승은 다시 한 번 중국 공안 요원에 묵례를 하고 은설을 인계 받았다.

"박동철 검사께서 사건을 제대로 일망타진하신 것 같군요."

중국 공안은 박동철 검사를 존경한다는 눈빛으로 말했다.

"한 점의 의혹도 없이 조사하겠습니다. 제가 대한민국을 대표할 수는 없지만, 대한민국의 국민으로. 또 검찰 인원으로 다시 한 번 송구한 뜻을 전합니다."

"저 나쁜 놈들을 중국으로 송환이 가능할까요?"

공안의 말에 유본승 사무관은 놀란 표정을 숨기지 못했다.

"그건……."

"우리가 결정할 일은 아니죠."

도리어 중국 공안이 유연한 자세를 취했다. 따지고 본다면 이들의 만남은 공식적인 만남이지만, 이들의 대화는 비공식적인 대화였다.

"하여튼 잘 부탁드립니다."

이번에는 중국 공안이 유본승 사무관에게 머리를 숙였다.

"은설 씨. 적극적으로 협조해 주세요."

"예."

은설은 그저 예라고만 대답했다.

"은설아!"

그때 공항에 늦게 도착한 추성호가 은설을 보고 이름을 크게 불렀다.

그 순간 은설의 눈빛이 떨렸다.

"오빠!"

은설이 아는 몇 안 되는 한국말 중에 가장 자연스럽게 할 수 있는 말이 오빠였다.

"누구죠?"

"은설 씨가 대한민국에 있을 때 사실혼 관계에 있던 추성호 씨입니다."

"인신매매자입니까?"

"인신매매자면 지금 저렇게 자유롭게 다닐 수 없죠."

유본승 사무관이 담담히 말했고, 중국 공안요원도 은설의 눈빛을 보고 은설이 추성호를 보는 것 자체로 감격하고 있다는 것을 느꼈다.

"사랑하는 사이인 모양이군요."

"예, 사랑은 그 어떤 상황에서도 피어나죠. 그리고 이번 사건의 결정적인 제보를 한 분이 바로 추성호 씨입니다."

"아, 그렇군요. 그럼 저희는 은설 씨를 인계하였습니다."

"예, 조사 협조를 받고 귀국시키도록 하겠습니다."

그렇게 추성호와 은설은 다시 만났고, 은설은 대한민국 검찰에 의해 신병이 확보됐다.

"은설아!"

추성호가 달려가 은설을 안으려고 했다. 아니, 더 정확하게 말하면 은설에게 안기려고 했다. 추성호보다 은설이 더 덩치가 좋으니까.

"추성호 씨!"

구본승 사무관이 추성호를 막았다.

"왜요?"

"…지금은 안 됩니다."

이 말은 다시 말하면 나중에 재회의 감격을 나누라는 것이다. 다만 지금 이 자리에서는 안 된다는 뜻이었다.

"…예."

"바로 군산으로 내려가셔야 합니다. 박동철 검사가 군산으로 호송을 요청했습니다."

"예, 알겠습니다. 같이 내려가도 되죠?"

"네, 그건 됩니다."

이미 은설을 다시 봤다는 것만으로 눈물범벅이 된 추성호에게 차마 안 된다는 말을 하지 못하는 구본승 사무관이었다.

그리고 같은 시간, 최은희는 임시 기자회견을 시작하고 있었다.

"무슨 내용의 기자회견입니까?"

"너무 가슴 아픈 일이 일어난 것 같네요. 저는 그래서 이번 북경 공연의 수익금 일체를 한국에서 참혹한 일을 당하신 분들의 삶과 재발 방지를 위해 쓰고 싶어서요."

순간 매니저는 자신의 귀를 의심했다. 그리고 아직 기획사 대표와 통화를 끊지 않았기에 지그시 입술을 깨물었다.

"대, 대표님!"

―왜? 무슨 내용을 발표했어?

"북경 공연 수익금이 얼마나 되죠?"

―그건 왜?

"얼마나 됩니까?"

―순이익이 100억 정도 되지? 그건 왜… 설, 설마…….

"예, 그 100억을 기획사 대표님과 함께 기증하겠답니다."

―뭐? 어디다가?

기획사 대표는 순간 황당해서 소리를 질렀다.

"군산 인신매매와 강제 성매매를 당한 밀항자 여성들의 복지와 재발 방지에 쓰겠답니다."

―아이고, 두야! 이제 펑크를 안 내니 다른 것으로 사고를 치네. 공연 수익이라고만 했지?

"예."

광고 수익까지라고 했으면 돈의 액수가 달라진다.

―대충 마무리하고 와! 이런 일이 하루 이틀이야? 최은희한테 저러다가 늙어서 폐지 줍고 살 수 있다고 전해.

"예, 대표님!"

그렇게 최은희는 폭탄선언을 했고, 그 사실은 바로 뉴스화가 됐다. 그 내용은 삽시간에 전 세계로 방송됐고, 놀랍게 칭다오 맥주의 판매량은 더욱 증가했다.

최은희가 모델로 있는 칭다오 맥주를 마셔야 애국이다!

최은희를 마셔라!

중국 애주가들은 최은희와 청다오 맥주, 그리고 애국을 동일시하기 시작했고, 매출은 폭발적으로 상승했다. 하여튼 이제는 펑크의 여신에서 기부의 여신으로 변한 최은희였다.

'사건 끝나면 한가해지겠지.'

  최은희는 기자회견을 끝내고 군산으로 내려갈 계획을 세웠다.

제10장

검사가 피의자에게 사기를
쳐도 되나요?

군산지검 조사실.

나는 표창우부터 조사하기 시작했다. 이제 피의자들에게 사기를 칠 생각이다. 아니, 더 정확하게 말하면 유신정권 시대와 군사정권 시대에 일명 빨갱이 잡기 자술서 방식으로 조사할 참이다.

"이, 이게 뭡니까?"

표창호는 내게 받은 추성호의 진술서를 보고 놀라 눈이 커졌다. 이 진술서만 보자면 이번 사건의 중심에 표창호가 있다는 것처럼 보인다.

"이번 사건의 관심이 국내를 넘어서 중국까지 향하고 있다는 것은 모르시죠?"

모를 턱이 없다. 구치소에 갇혀 있을 때 구치소 감독관에게 뉴스만 전문적으로 나오는 케이블 TV만 틀라고 말해놨고, 채널을 돌려서라도 이번 인신매매 사건을 표창호와 다른 피의자들이 보기 싫어도 볼 수밖에 없도록 하라고 지시했으니까.

"그, 그게……."

"잘 모르시겠지만 이 상황이라면 국민 정서와 국제 정서, 더 정확하게 말해서 중국의 눈치를 보느라 사건의 핵심층인 표창우 씨는 사형이 구형될 겁니다."

사형이라는 말에 표창우는 기겁했다.

"사, 사형이라고 하셨습니까?"

"그렇게 될 겁니다. 저도 외교부와 검찰 위층에서 최고형을 구형하라는 압박을 받고 있거든요."

"검, 검사님!"

"쓰세요. 대한민국에서 사형이 집행되지는 않지만 사형수가 되면 앞으로는 콩밥 말고는 드실 수 있는 음식이 없을 겁니다. 이번 사건의 수괴가 되어서는 안 되잖아요?"

위하는 척하는 것이 아니다. 이것은 일종의 협박이다. 하지만 이렇게 하면 둘 중 하나의 반응이 나온다.

있는 죄 없는 죄 다 토해내거나 자신보다 더 높은 놈을 불거나 둘 중 하나의 반응이 나올 확률이 높다.

사실 유신정권이나 그전의 폭력 검사는 운동권 학생들을 잡아들이고 자술서나 진술서를 쓰게 만들었다. 그러면서 그 진술서를 비교하면서 조졌다.

그런 과정에서 쟤는 어디서 누구를 데리고 왔다는 진술이 있는데 왜 너는 없느냐고 폭력을 휘두른다.

이미 모진 고문에 넋이 나간 학생들은 없던 일도 만들어내서 진술을 하게 되고, 그 진술은 다시 증거가 되어 다른 학생들이 보게 되고, 더 많은 것을 적지 않으면 또 구타를 당하기 때문에 어쩔 수 없이 또 죄 없는 사람을 진술서에 넣게 된다.

그렇게 진술서 몇 장으로 사건은 일파만파로 커지는 것이다.

'옛 선배들의 잘못된 조사 방식을 이용하는 거지.'

나는 잔뜩 겁을 먹은 표창우를 보며 씩 웃었다.

"그리고 이건 보셨습니까?"

내 입으로 말하기는 그렇지만 중국 주석궁에서 공식적으로 이번 사건의 입장 브리핑을 했다.

그리고 그 브리핑은 대한민국에 엄청난 파장을 몰고 왔다.

"예?"

"보세요. 보고 쓰세요. 아마 생각이 달라질 겁니다. 지금은 의리나 지키고 있을 때가 아닙니다."

마음 같아서는 모진 고문이나 폭력을 통해 진술을 받아내고 싶지만 꾹꾹 참았다. 몇 대 쥐어박고 끝낼 사건이 아니니까. 그리고 국내뿐만 아니라 세계적으로 관심을 가지는 사건이다.

"동시통역관이 통역한 영상이니까 보시는 데 어렵지 않을 겁니다."

나는 노트북을 돌려서 중국 주석궁에서 낸 입장 브리핑 영상을 보여줬다.

사실 나도 이 영상을 처음 봤을 때 화들짝 놀랐다.

—대한민국의 범죄자들이 극악무도한 범죄를 저지르며 중화인민공화국 국민의 인권을 유린한 사건에 대해 심대한 유감을 표하

는 바이며, 당국은 이번 사건이 어떻게 처리될지 명확한 관점에서 대한민국의 사법기관을 응시할 것이며, 엄중한 처벌이 이루어지지 않을 시에는 외교 문제로 번질 수 있음을 강력하게 경고한다.

독하게 생긴 여자 대변인이 강경한 표정과 무게감 넘치는 목소리로 카메라를 응시하며 브리핑을 하고 있었다. 그 브리핑을 보고 있는 표창우의 표정이 굳었다.

─또한 대한민국의 사법에서 흉악범들을 처벌할 용의가 없고 의지가 없다면 중국의 법으로 심판할 것을 요청하는 바이다.

이 문구는 심각한 주권 침해적인 브리핑이다. 하지만 지은 죄가 있으니 대한민국의 외교부는 별다른 반응을 내지 않았다.

사실 처음 중국 궁에서 입장 브리핑을 내기 전에 먼저 외교부 장관이 공식적인 사과 브리핑을 했고, 정식으로 그 브리핑에서 백배사죄라는 표현을 썼는데도 이 정도의 강도로 브리핑을 내고 있는 중국 대변인이었다.

─하지만 이 부끄럽고 국권을 떨어뜨린다는 것을 알면서도 이번 사건을 명명백백하게 밝혀주신 대한민국 정부와 사법기관에 중화인민공화국은 머리 숙여 감사의 뜻을 표합니다.

마지막은 좋은 문구로 끝을 냈다. 만약 이 문구가 나오기 전 중국의 법으로 심판할 것을 요청한다는 말로 브리핑을 끝냈다면 대한민국의 여론은 반중국 분위기로 변했을지도 모른다.

하지만 머리 숙여 감사의 뜻을 표한다는 문구를 통해 서로의 입장을 배려해 준 것이다. 물론 이런 대변인 브리핑이 나온 것은 외교부장관의 백배사죄라는 브리핑이 있었기 때문일 것이다.

—또한 국토가 작다고 대국이 아니라는 편견을 깨준 사례가 될 것입니다. 중화인민공화국도 이를 본받아 자국의 흠을 스스로 밝히는 예로 삼을 것이며 역사를 왜곡하고 은폐하는 일본 정부는 대한민국 정부의 행동을 다시 한 번 생각해 봐야 할 것입니다.

마지막으로 중국은 일본을 디스하는 것으로 브리핑을 끝냈다.

이 대변인 브리핑이 나오자마자 전 세계의 시선이 대한민국 군산으로 모아졌고, 이 사건은 전 세계의 주목을 받게 되었다.

"으음……."

표창우가 길게 신음 소리를 토해냈다.

"검, 검사님!"

"예?"

나는 자리에 일어나서 벽을 보고 있었다.

물론 내가 보고 있는 벽은 참관실에서 볼 수 있는 비밀 벽이고, 아마 지검장님이 참관을 하고 계실 것이다.

전 세계가 주목하는 사건이 되었으니까.

'지검장님, 저 때문에 총장님 되실 것 같습니다.'

나는 그런 생각을 하면서 씩 웃으며 돌아섰다.

　　　　　*　　　　　*　　　　　*

조사 참관실.

"박 검사, 왜 웃어?"

박동철의 생각대로 지검장은 이번 조사를 참관하고 있었다.

"모르겠습니다."

"하여튼 이번 사건은 엄청난 파장을 몰고 왔어."

"예, 적극적으로 수사하고 구형을 때리지 않으면 괜히 역풍을 맞을 것 같습니다, 지검장님."

"나는 이런 여론이 집중되는 일은 싫은데… 쩝!"

"그래도 사건 브리핑은 엄청 멋지게 하시던데요."

"내가 뭐?"

"법은 엄정하게 집행되어야 할 것이며, 검찰은 이번 수사에 온 힘을 다할 것이며, 대한민국의 국민으로서, 또 법조인으로서 한 점의 부끄럼 없이 수사하겠습니다. 저는 대선 출마하시는 줄 알았습니다. 하하하!"

"내가 그랬어?"

"예, 뉴스에서 차기 총장감이라고 추켜세우고 있습니다."

"내가?"

지검장이 씩 웃었다.

"예, 난리도 아닙니다."

"선배들 많은데 나는 아직 아니지."

지검장에게 싫은 소리는 아닐 것이다.

검사가 되어서 검찰총장을 한다면 그보다 더 큰 명예는 없다.

"한 20년 후에 저 또라이가 검찰총장이 되면 어떻게 변할까?"

"예?"

"저 또라이 말이야!"

─수사에 협조해 있던 일을 정확하게 다 불면 구형을 20년으로 낮춰드리죠.

스피커를 통해 박동철의 목소리가 들렸고, 지검장의 표정이 굳었다.

"저거 또 왜 지랄이야? 지금 사형을 때려도 모자랄 판에 중국 애들이 얼마나 관심 있게 보고 있는데 거래를 해?"

"그러게요. 풀 배팅일 줄 알았는데⋯⋯."

"하여튼 저건 럭비공이라니까."

"호출할까요?"

"됐어. 저 또라이 사건이잖아. 이런 큰 사건에는 끼는 것이 아니잖아."

"예, 검사님."

지검장은 그렇게 말했지만 박동철이 어떤 생각을 하고 있는지 알고 있었다.

'저게 이제 사기도 치네.'

그저 피식 웃는 지검장이었다.

*　　　　*　　　　*

조사실.

"검, 검사님!"

표창호가 떨리는 목소리로 나를 불렀다.

"왜요? 제게 할 말이 있습니까?"

이 수사 기법(?)의 핵심은 직접 묻지 않는 것이다.

그냥 사기만 치면 된다.

"어, 어떻게 해야 합니까? 저는… 저는 그냥……."

"이 진술서에 있던 일을 다 적으세요. 사무실에서 압수 수색을 한 것만으로도 이번 사건의 수괴로 지목되실 겁니다. 그럼 당연히 사형이죠."

"사, 살려주십시오."

"살고 싶으세요?"

"예, 살려주십시오. 지은 죄가 크다는 것을 알지만… 살고 싶습니다."

물론 대한민국의 법이 지랄 같아서 죽이지는 않을 것이다. 사형이라는 형벌이 있기는 하지만 인권이니 뭐니 해서 사형을 집행하지 않는 국가로 변했다.

국제 여론 때문에. 하지만 나는 사형이 필요하다고 생각한다. 사형을 받고 사라져야 할 범죄자들이 국민의 피 같은 세금을 축내고 있고, 또 사형수들에게 참혹하게 죽임을 당한 피해자의 가족들은 사형수가 감옥에서 편하게 지낼 동안 가슴을 치며 정신적 고통을 극복하지 못한 채 살고 있으니까.

죄는 미워하되 사람은 미워하지 말라는 말?

그건 개소리다.

사람이 밉다.

피해자의 가족들 입장에서 보자면 미워할 수밖에 없다. 그러니 사형이 다시 부활되어야 한다는 것인 내 사적인 생각이다.

물론 사형수들 중에는 자신의 잘못을 뼈저리게 뉘우치는 사람도 있다. 하지만 그들이 죄를 뉘우친다고 해서 죽은 사람이 살아 돌아오는 것은 아니다.

'이에는 이, 눈에는 눈이 공평하지.'

법은 징벌적 효과이고, 시쳇말로 통제적인 효과가 있어야 한다. 사람을 죽이면 죽인 사람도 죽는다.

이것이 정말 단순한 면이 있지만, 그를 통해 흉악범죄가 줄지는 않겠지만 엄중하게 죄를 벌하는 측면에서는 필요할 것 같다는 게 내 생각이다.

"그럼 쓰세요. 제가 모르는 사항을 진술하시고 정확하게 그 진술 때문에 이번 사건을 일망타진할 수 있는 증거가 된다면 제가 20년으로 형량을 낮춰 드릴 수도 있습니다."

"…20년이라고 하셨습니까?"

표창우의 나이는 45살이다. 20년이면 65살에 출소한다.

하지만 대한민국의 법은 지랄 같아서 모범수로 복역하면 20년 유기징역이라고 해도 운이 좋으면 10년 안에 가석방될 수도 있다.

"예, 그리고 10년 후에 가석방이 될 수 있게 도와드리죠."

가석방이라는 말에 표창우의 눈동자가 반짝였다.

"정, 정말이십니까?"

사기를 치고 있는데 못할 말이 없다.

"약속하죠."

그리고 약속은 깨지라고 있는 법이다.

"하지만 누군가는 시쳇말로 총대를 메야 합니다. 그걸 사무실에 앉아서 소개만 한 표창우 씨가 질 필요는 없잖아요. 검거된 조폭도 있고 밀항선 선장도 있고 많은데……"

"거, 검사님!"

다시 한 번 표창우가 나를 불렀다.

"왜요?"

"저, 정말 다 적으면 저는 살려주시는 겁니까?"

"담배 하나 피우실래요?"

"…예."

이제부터는 좀 거만해져야 한다. 그리고 성공가도를 달리기 위해 지랄을 하는 검사처럼 보이면 효과는 클 거라는 생각이 들었다.

딸칵!

나는 표창우에게 담배를 건네고 나도 한 대 물었다.

"표창우 씨."

"예, 검사님."

"당신이 죽고 사는 거, 나는 별로 관심이 없어. 당신 하나가 죽는 것보다는 이번 사건이 더 커져서 더 많은 놈들이 잡혀 내가 스타 검사가 되는 것이 나한테는 좋지 않을까?"

"그, 그 말씀은?"

"협조하라고! 그럼 살려줄 테니까. 담배 한 개비 쭉 피우고 다 써! 살고 싶으면 써! 봤지? 중국 정부 브리핑! 최소한 다섯 명은 사형을 때려야 해. 그 다섯에 표창우 씨가 들어갈 필요 없잖아?"

내 말에 표창우가 지그시 입술을 깨물었다.

"예, 검사님. 쓰겠습니다. 다 쓰겠습니다!"

"천천히 써요. 항구파 조직 보스도 관련이 있는 것 같던데."

사실 항구파 조직도 이번 인신매매에 연관이 있었다. 이참에 일망타진이다.

"맞습니다. 납치는 항구파가 주도적으로 했습니다."

"나한테 말하지 말고 그 진술서에 쓰세요."

탁!

나는 담배와 라이터를 테이블에 놓았다. 그리고 천천히 자리에서 일어났다.

'소설을 쓰려면 니코틴이 필요하지.'

"피우면서 쓰세요. 사실에 근거해서. 아셨어요?"

"예, 검사님!"

＊　　　　＊　　　　＊

다른 조사실.

만신창이가 되어 링거를 맞고 있는 포주도 잔뜩 겁먹은 표정으로 내 눈치를 살피고 있었다.

타인에게 참혹한 짓을 하는 놈일수록 저렇게 자신에게 위협이 가해지면 더 겁을 먹는다.

"몸은 좀 괜찮아요?"

"검, 검사님, 제가 그때는 미쳐서……."

내가 자신에게 가한 폭행보다 조금이라도 반항하기 위해 재떨이를 휘두른 것이 더 신경 쓰이는 모양이다.

법이 그렇다.

법도 사람이 집행하는 것이라 저러는 것이다.

"미친 것은 확실하고."

나는 표창우에게 내민 것처럼 포주에게도 진술서를 내밀었다.

"불법 감금, 인신매매, 강간, 폭력. 미리 말했지만 중국 여성들 진단서가 총 82주 나왔습니다. 물론 다섯 명의 여자를 토털해서 낸 진단이지만."

"…죽을죄를 지었습니다."

"죽을죄인 것은 아시네. 그리고 청부 폭력과 범죄 조직 결성, 성매매법 위반… 너무 많아서 열거하기도 그러네요."

"저는 그냥……."

"그냥 뭐?"

나는 매섭게 포주를 노려봤다.

"그냥이라는 단어는 너 따위가 쓰면 안 되는 단어야. 그냥이라는 단어는 라면을 먹을 때 그냥 먹고 싶어서 먹었다고 이럴 때나 쓰는 단어거든."

"죄송합니다."

"이것부터 보고."

나는 표창우와 똑같이 중국 주석궁 대변인인의 브리핑 영상을 포주에게 보여줬고, 포주는 그대로 표정이 굳었다.

"중국으로 끌려가면 바로 사형을 받겠지. 그것도 범죄자들에게 가혹하다는 중국이니 아마 총살이겠지."

"저, 저는 대한민국 국민입니다."

"대한민국은 당신 같은 국민이 있어서 쪽팔려."

"거, 검사님!"

나는 중국으로 송환시킬 수도 있다는 투로 말했다.

주권적인 문제이기는 하지만 중국 정부가 우긴다면, 그리고 중국의 자국민과 관련된 사건이기에 송환 조사를 요청한다면 거부할 방법도 마땅하지 않다.

우리가 은설을 송환 요청했고, 중국 정부도 흔쾌히 뇌물을 받고 은설을 넘겨줬으니까.

'그냥 확 넘겨서 총살시켜야 하는데.'

요즘 그런 생각이 부쩍 든다. 대한민국의 법으로는 이 포주에게 사형을 구형해도 많이 나와야 무기징역 정도일 것이니 말이다. 하지만 나는 풀 배팅을 할 것이다.

항소로 안 된다면 삼 심까지 가볼 참이다.

물론 내가 시쳇말로 관심종자라서 이러는 것은 결코 아니다.

법은 엄정하게 집행되어야 한다.

"살고 싶죠? 그래도 한국에서 콩밥을 먹고 숨이라도 붙어 있는 것이 좋죠."

"서, 설마 저를 중국으로 넘기시려는 것은?"

이 수사는 기록이 남지 않을 것이다.

왜냐고?

내가 피의자들에게 사기를 치고 있으니까.

그리고 그 사기 치는 것을 영상으로 남길 필요가 없다.

그래서 촬영되는 스위치도 끄고 스피커도 껐다.

물론 스피커의 전원 스위치까지 차단한 것은 표창우를 조사한 후 바로 지검장님께 호출을 받았기 때문이다.

"적극적으로 중국 정부가 조사하겠다고 범죄자를 인도 요청하면 넘겨야죠."

"검사님, 제발 살려주십시오."

"그건 모르지? 은설이라고, 밀항했다가 출입국사무소 직원에게 체포되어 강제 송환된 여자도 참고인 조사 형식으로 대한민국에 송환되어 왔다는 것을."

"정말입니까?"

이걸 거꾸로 하면 충분히 중국 정부의 송환도 거부하지 못한다는 의미처럼 들릴 것이다.

그리고 만약 중국 정부가 송환을 요청한다면 어떤 수를 써서라도 넘겨주고 싶다. 물론 국민 여론은 대한민국 국민을 넘겨주는 것은 잘못된 판단이라고 하겠지만 도구는 도구일 뿐이다.

그게 중국의 사법이라도 범죄자를 처벌할 수 있는 도구가 된다면 나는 거부하고 싶지 않다.

"아마 중국은 여전히 총살이 존재할 거다. 그리고 중국은 원래 마약 사범이랑 인신매매 범죄자들에게 치를 떨지."

대한민국 국민 중에 중국에서 마약 거래를 하다가 사형당한 사람이 열 명이 넘는다.

그때마다 외교부는 강력하게 선처를 호소하고 송환을 요청했지만, 중국 정부는 보란 듯이 사형을 집행했다.

그런 일은 결코 없겠지만 만약 저 포주가 송환된다면 아마도 바로 조사를 하고 사형이 집행될 것은 분명했다. 물론 차후에는 외교적 마찰이 일어날 것이다.

하지만 중국 정부는 범죄자에 대한 부분은 외교 마찰이 일어나도 밀어붙이는 특성이 있었다.

아마 아편전쟁의 충격 때문으로 그 일을 잊지 않았기 때문일 것이다.

"살려주십시오."

"그럼 다 적어요. 이 진술서에 다 적으면 됩니다. 이번 사건의 수괴가 되면 알지? 빼도 박도 못하고 사형이라는 거."

"…예."

"사형은 아무리 모범수로 복역해도 무기징역 미만으로는 안 떨어지는 것도 아나?"

"적겠습니다."

"비밀 장부 이런 거 있으면 내놓고."

"있습니다."

포주가 바로 내게 말했다.

"내가 확보한 수첩에는 1,260명이던데."

성매매를 한 인간들의 명단과 전화번호는 이미 확보했다.

그 명단을 보고 엄청나게 놀랐다.

성매매를 하는 단골이 1,260명이나 되었다.

물론 성매매가 엄청난 죄는 아니다.

하지만 그들 중에서 강제 납치 및 인신매매를 당했다는 것을 알면서도 자신의 욕망을 채운 것들을 골라낼 생각이다.

"더, 더 있습니다. 그리고……."

"그리고 뭐?"

"그 장부가 있는 곳에… 그러니까……."

"껐어."

내 말에 포주의 눈빛이 반짝였다.

"현찰도 있습니다. 살려주십시오."

지금 포주는 내게 뇌물을 쓰려는 것이다.

"얼마나 있는데?"

"놀라지 마십시오. 50억 이상 있습니다."

떡 팔아서 50억을 벌었다는 것이 놀랍다. 아니, 잘 생각해 보니 그 이상으로 벌 수도 있을 것 같다.

원래 욕망을 밑에 깔고 하는 불법 행위는 돈이 되니까.

'이 새끼가 나를 유혹하네. 쩝!'

만약 내가 돈이 없는 검사였다면 이 순간 저 유혹에 몇 초라도 고민했을 것이다.

'껌 값으로 어디서 나를!'

조금 괘씸하다는 생각이 들었다.

"그래서?"

"살려주십시오. 그 돈 다 드리겠습니다."

"나쁘지 않네."

"예, 살려만 주십시오. 다 드리겠습니다."

"어디에 있는데?"

"그게……."

"어디냐고?"

내 물음에 포주가 진술서에 약도를 그려 내게 내밀었다.

"여깁니다. 여기 가면 폐기된 물탱크가 있습니다. 그 안에 50억이 들어 있습니다."

"확인해 보고."

"예, 살려주십시오."

"하여튼 살고 싶으면 적어요. 내가 최대한 감형해 줄 테니까."

"감사합니다."

포주는 살아났다는 것에 감격하며 돈이 좋다는 생각을 했다.

*　　　*　　　*

일반 회사 사무실.

따르릉~ 따르릉~

30대 초반의 남자가 한창 업무를 보다가 전화벨이 울리자 바로 받았다.

"송신물산입니다."

─군산지검 오칠수 경사입니다.

"예?"

─당신은 성매매 위반에 의한 법령 위반으로 참고인 조사 대상입니다. 내일 오전 9시까지 군산검찰청으로 자진 출두를 하시지 않으시면 체포영장 및 구속영장이 발부될 겁니다.

"예?"

남자가 놀라 눈이 커졌다.

─내일 아침 오전 9시까지 자진해서 나와 주시기 바랍니다.

뚝!

"시, 시발! 이거 뭐, 뭐야?"

남자 직원은 순간 멍해졌다. 그렇게 군산지검은 전국에 있는 1,260명에게 모두 자진 출두 요청을 했고, 그 자신출두 요청을 받은 남자들의 표정이 굳어졌다.

"내가… 성매매로 걸렸다고?"

놀라운 것은 연예인도 있고 꽤나 유명한 스포츠 선수도 있다는 것이다.

그리고 전문직 종사자도 많았다는 것에 놀랍기만 했다.

"난 군산에 간 적이 없는데……."

물론 억울한 사람도 있었다. 친구의 부탁으로 카드를 빌려준 사람도 조사 대상에 포함되어 있었으니까.

그렇게 일을 크게 만든 박동철로 인해 군산 인근의 모텔에 빈 방이 없을 정도로 용의자들이 모여들었고, 다음날 참고인으로 조사에 임하지 않은 용의자들에게는 모두 구속영장이 발부됐다.

*　　　　*　　　　*

마 수사관과 경찰들이 포주가 말한 폐쇄된 건물의 물탱크 속을 확인하기 위해 급파됐다.

"부숴요."

요즘 경찰이 주로 하는 말이 부수라는 말이다.

"예."

순경이 도끼를 들고 녹이 슨 물탱크 입구를 잠근 열쇠를 부쉈다.

그리고 물탱크 뚜껑을 열고 마 수사관이 안을 봤다.

"…심봤다."

"있습니까?"

뒤에 있는 경찰이 궁금하다는 눈빛으로 마 수사관에게 물었다.

"돈 탱크네요."

"정말요?"

"저게 다 얼마나 되려나? 하여튼 우리 검사님 대단하시네. 어림잡아도 50억은 되겠는데 그냥 국고 환수네. 쩝!"

"하여튼 박동철 검사님은 청렴하시기까지 합니다."

"기자들 불러요."

"예."

물론 기자를 부르라고 지시한 것은 박동철이다.

어떻게든 계속 이슈를 만들어야 사건 수사가 편해진다는 생각을 하고 이슈를 만드는 것이다.

그리고 물탱크, 돈 탱크라는 유행어를 만들었다.

또한 지하경제에 대해 더욱 조사하고 범죄와 관련된 자금을 밝혀내야 한다는 여론이 일어나고 있었다.

                    *   *   *

조사실.

―찾았습니다.

"수고하셨습니다. 기자들은요?"

―사진 찍고 난리도 아닙니다.

기자라는 말에 내게 물탱크 안에 돈이 있으니 그 돈을 가지고 살려 달라고 한 포주의 표정이 굳었다.

"수고하세요."

"예, 검사님!"

나는 전화를 끊고 굳은 표정의 포주를 봤다.

"돈이 있다네요."

"그, 그런데 기, 기자는 왜?"

"겨우 50억으로 대한민국 검사의 청렴을 사려고 해? 당신은 뇌물 공여 추가야!"

"뭐, 뭐라고?"

"왜, 속아서 꼽냐?"

"이건 사기야!"

포주가 버럭 소리를 질렀다.

"왜, 검사는 피의자한테 사기 치면 안 되나요?"

나는 포주를 보며 이죽거렸다.

"국고로 환수해서 좋은 곳에 쓰겠습니다."

내 이죽거림에 포주가 자리에서 벌떡 일어났고, 그 상태로 내게 덤벼들었다.

속았다는 것에 흥분한 것 같다.

"이 새끼! 너 죽고 나 죽자!"

퍽!

"으악!"

수갑을 찬 상태로 내게 달려드는 포주의 목을 단수로 치자 놈은 바로 비명을 지르며 쓰러졌다.

"조사실 난동도 죄가 되나?"

"으으으윽!"

"자리에 앉아요."

나는 포주의 멱살을 잡고 다시 자리에 앉혔다.

"이, 이 망할 새끼야!"

"너는 하늘이 두 쪽 나도 사형이야!, 이 개새끼야!"

"검사가 조사 과정에서 국민한테 욕을 해도 돼?"

힘으로 안 되니 괜한 개소리를 하는 포주다.

저런 것을 국민으로 두고 있는 대한민국이 불쌍하다는 생각이 들었다.

"대한민국은 너 같은 국민 같지도 않은 인간 때문에 쪽팔리거든. 그리고 누가 알아, 스피커도 안 켰는데?"

내 이죽거림에 포주가 멍해졌다. 이로써 포주는 그냥 나한테 탈탈 털린 것이다.

아니, 체포된 놈들 대부분이 탈탈 털렸다.

검사도 사람이기에 사기를 칠 수 있다.

그리고 더 많은 죄목과 범죄 사실을 밝혀냈다.

한마디로 군산에서 일어나는 대부분의 사건이 털렸다고 보면 된다.

더불어 항구파라는 전통적인 밀수 조폭 조직은 완벽하게 와해가 됐고.

이 역시 또 하나의 성과가 분명했다. 하지만 어이가 없는 것은 항구파가 와해되는 순간 신동파라는 신생 조직이 만들어졌고, 항구파의 나와바리를 빠르게 장악해 갔다.

이래서 유 반장이 바퀴벌레는 박멸할 수 없다고 한 것 같다.

*　　　　*　　　　*

바닷바람이 시원하게 부는 항구.

따르릉~ 따르릉~

남자 하나가 어두운 밤바다를 보며 어디론가 전화를 걸고 있다.

—어떻게 됐나?

전화기에서 유 반장의 목소리가 들렸다.

"군산, 제가 먹었습니다."

—수고했다.

"예."

—군산을 잘 관리해라, 유동근!

이 순간 신세계 프로젝트가 시작됐다. 그리고 유동근은 그 신세계 프로젝트를 총괄하는 매니저가 됐다.

물론 유동근의 뒤에는 조명득이 있었다.

『법보다 주먹!』 6권에 계속…

검자 **新무협** **판타지** **소**설
FANTASTIC ORIENTAL HEROES

목탁

해적으로 바다를 누비던 청년,
절해고도에 표류해… 절대고수를 만나다!

"목탁은 중생을 구제하는
좋은 이름일세"

더 이상 조무래기 해적은 없다!
거칠지만 다정하고, 가슴속 뜨거운 것을 품은

목탁의 호호탕탕 강호행에
무림이 요동친다!

Book Publishing CHUNGEORAM

유행이 아닌 자유추구 ─
www.chungeoram.com

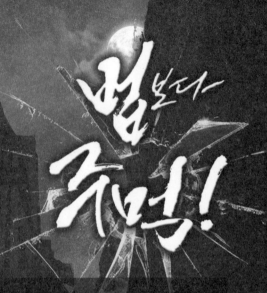

사략함대 장편소설

FUSION FANTASTIC STORY

2016년 대한민국을 뒤흔들 거대한 폭풍이 온다!

『법보다 주먹!』

깡으로, 악으로 밤의 세계를 살아가던 박동철.
그는 어느 날 싱크홀에 빠진다.

정신을 차린 박동철의 시야에 들어온 건 고등학교 교실.
그리고 그에게 걸려온 의문의 ARS는 그를 새로운 인생으로 이끄는데……

빈익빈 부익부가 팽배한 세상, 썩어버린 세상을 타파하라!

법이 안 된다면 주먹으로!
대한민국을 뒤바꿀 검사 박동철의 전설이 시작된다!

연기의 신

FUSION FANTASTIC STORY

서산화 장편소설

GOD OF ACTING

PRODUCTION
DIRECTOR
CAMERA
DATE   SCENE   TAKE

무대, 영화, 방송…
모든 '연기'의 중심에 서다!

『연기의 신』

목소리를 잃고 마임 배우로 활동하던 이도원은
계획된 살인 사건에 휘말려 비참한 죽음을 맞이한다.
그런 그에게 주어진 특별한 기회, 타임 슬립.

"저는 당신의 가면 속 심연을 끌어내는 배우입니다."

이제 그의 연기가 관객을 지배한다!
20년 전으로 되돌아가 완전한 배우로서의
삶을 꿈꾸는 이도원의 일대기!

Book Publishing CHUNGEORAM

유행이 아닌 자유추구 -
WWW.chungeoram.com